日夜兼程，
去看更多风景

房媛媛 著

山西出版传媒集团
山西人民出版社

图书在版编目（CIP）数据

日夜兼程，去看更多风景 / 房媛媛著. -- 太原 ：
山西人民出版社，2014.9
ISBN 978-7-203-08653-6

Ⅰ．①日… Ⅱ．①房… Ⅲ．①散文集－中国－当代
Ⅳ．①I267

中国版本图书馆CIP数据核字(2014)第188661号

日夜兼程，去看更多风景

著　　者：房媛媛
责任编辑：吕绘元
装帧设计：刘红刚

出　版　者：山西出版传媒集团·山西人民出版社
地　　　址：太原市建设南路21号
邮　　　编：030012
发行营销：0351—4922220　　4955996　　4956039
　　　　　0351—4922127（传真）　　4956038（邮购）
E—mail：sxskcb@163.com　发行部　　sxskcb@126.com　总编室
网　　　址：www.sxskcb.com

经　销　者：山西出版传媒集团·山西人民出版社
承　印　厂：北京雷杰印刷有限公司

开　　　本：710mm×1000mm　　1/16
印　　　张：14.5
字　　　数：242千字
印　　　数：1—10000册
版　　　次：2014年9月　第1版
印　　　次：2014年9月　第1次印刷
书　　　号：ISBN 978-7-203-08653-6
定　　　价：36.80元

如有印装质量问题请与本社联系调换

自序

这些年，我和所有的旅行者一样，不断问自己一个问题："我们为什么要远行？"后来看了一本书，查特文的《歌之版图》，他在穿越澳洲土著的旅行中向我们解释了这个疑问：因为我们就是无法静居于一室，我们生来不够强大，人生苦短，为了逃避由此带来的焦虑，必须"分神"，走进走出，寻找新鲜世界。不信你看那些土著，人类远古时代居于荒原的日子里必须不断迁徙，至今仍习性不改。

旅行不仅仅是看风景、访古迹，悠游天下。世界在变，人在变，生活在变。今天我们有着前所未有的出行便利，同时却也有着前所未有的心灵禁锢。如果你愿意，旅行可以成为生活的出口。

相比在家里的清闲日子，在路上辛苦多了，但也只是辛苦而已，我一点都不觉得委屈。在独自旅行的过程中，我时常感觉自己是辽阔夜空中不足为道的一颗星星，镶嵌在无边的黑暗里，自顾自地闪烁着微弱的光芒，从未指望照亮整个黑夜。但无需在意，只管走出去，倾尽所有，让他们看看你的能耐。走了很远很久，甚至已经忘记曾经出发的意义，好在我也不再计较所谓意义。每个人内心都该有一份坚守，它是无论日子过的多幸福或多狼狈时都该保持一致的东西。我之所以能看到这样的世界，皆因我想要看到；我之所以在漫长的旅行中记住如此瞬间，皆因我想要记住。

每次从旅程回到居住的城市都有一种从理想跌落回现实的失落感，但也可能是我还未察觉，在经历过万千风景之后，能被这平和的生活击中，才算是明白旅行的用意：旅行是阐释，是解除重负，是积累生活。我们得多少次地旅行，才不至于沦为空无与不可见？

生活每时每刻都在改变，时间流逝所带来的变化并不能改变我内心深处对这个世界的感情，我觉得这种感情只不过是发展成为另一种形式而已。正是通过这些旅途和见闻、困扰和逆境，我看见了某种美好的东西出现，唯有时间让这种感情得到表达。

更难能可贵的是，这些年的旅行影响了我的写作，而写作亦影响着我的生活。对于上一个世纪的所谓浪漫主义者，旅行几乎总是导致一本书的产生。到罗马、雅典、耶路撒冷甚至更远的地方旅行，目的就是记述旅途。旅行是生活体验，如同所有其他体验，是可以使我们的某些东西改变成熟的，旅行对写作有益，因为让你对人生有所了解。以任何角度看，出门旅行都比留在家里好。生活第一，然后才谈哲学和写作。趋近世界，也就是说朝发掘更多真相努力，是写作者的基本生活态度，那显现于纸上的不管是什么，无须怀疑，就是我们这个时代的文学。只是人心若疲惫，作品难免缺乏生机。停一下，看似耽搁了时间，实则是再出发的缓冲和充电。我想，旅行如此，文学创作亦如此吧。

我们永远不可能抵达世上的每一座城市，抑或说，即便曾在某处停留，也未必与其相熟。城市像某个人，能辨别的仅仅是那张脸，你永远无法了解他的全部。所以，我愿给你一座城，送你一处不曾遇见的风景。为了目睹这些美的事物，我一次又一次离家旅行。变化的景观、变动的心绪，这些你们都将在书中看到。我的旅行在日复一日的生活中完成，也许不够冒险，缺少刺激，不过这才是应该推崇的人生。因为终有一天，我们都要回来。过好当下的日子，你才有资格去远方，否则不是你逃离了这个令人沮丧的世界，而是这个世界抛弃了喜欢逃避的你。

那么，你还在为自己的各种懒惰找借口吗？还在把那些向往无限期延后，然后坐在那里叹息、羡慕别人吗？时间和生命都不会因等待而去厚爱一个人，只会给你留下各种遗憾。海阔天空，终其一生都不一定有所作为，为什么不把青春消耗在看不完的风景上？

生命，不长不短，刚好够用于来看看这个世界。

那不如就这样吧，旅行的人生其实还不错。

2014.5

房媛媛 于上海

目录

一·绝美之城

城市犹如梦境：凡可以想象的东西都可以梦见，但是，即使最离奇的梦境也是一幅谜画，其中隐藏着欲望，或者隐藏着反面的恐惧，像梦一样。看不见的城市是不存在的城市，确实完美的，存活于脑海中，组合了所有不完美的城市的不同优点。城市，不再是概念堆积出的生存单位，而更多的汇聚了历史文明的传承，慢行，慢品，去特别之地，寻找心灵乐土，天际悠远，欲望静息。

——卡尔维诺：《看不见的城市》

1.1 叹茶

吃早茶便是吃时间的滋味

马家辉早在《死在这里也不错》这本书里就说过，清晨是进入一个城市的最佳时机：

> 深夜不好，因为累了。城市累了，你也累了，你只看到她的繁华褪尽、残妆留在脸上，往往比没有化妆时更不堪。她也看见你的双目低垂，你虽想勉强挤出笑容，然而太疲倦了，你笑得太苦，连自己也不想照镜。下午也不好，因为城市太热闹了，红尘滚滚，你半途插入，根本没法替自己定位，身心皆没调整过来，必须跟随她的坐标旋转，像两个陌生人假装一见如故，散场之后，连你自己亦说演得很假。早上之好在于从容二字。这本是生命里极难做到的一种姿势，你因坐了一程飞机而得，就算是奖赏吧。在天微亮时进入城市，一切不慌不忙，你可以到第一间拉开闸门的店喝它的第一杯咖啡，你是第一位客人，店主的笑容通常特别甜。坐在

店里，看看手表，翻翻报纸，呷一口咖啡，你
隔着玻璃看着人间加温，忽然觉得日日是好日。

　　如果这样闲适的清晨，恰好来到以早茶文化闻名的广东，
一定让人满心欢喜。

　　深冬的一月从上海飞到广州，落地的一瞬间被温暖湿润的
空气包围。这明明是四五月份才应该有的惬意，广州人却在一
月享受到如此的舒适，可谓幸福。

　　安顿好住所，未做停留，便准备去附近的沙面大街逛一逛。清晨七点左右的珠江河畔一
片祥和，上了年纪的长者在晨练，悠闲自如的年轻人在遛狗，背着书包的学生步履轻盈，行
色匆匆的白领赶着去上班。所有的一切呈现出一种接地气的生活气息，好像回到熟悉的城市，
周边都是熟悉的人，让我在这个陌生的地方产生熟悉的感觉。我一直害怕广州像所有的大城
市一样，高楼大厦，金碧辉煌。然而沙面大街的老旧建筑和类似民国时期的味道着实让我感
到欣喜。因为第二次鸦片战争后曾沦为英法租借，所以沙面大街的建筑都是英法风格，在这
个安静的地方，沙面的静默依然体现城市里所有会出现的可能，包括热闹，以及所谓的朝气
蓬勃和难料的惊喜——怀旧是一种病。

　　在广州，不能不去体验闻名已久的广式早茶。早茶文化已经植根于广州人的生活里，听
说他们早上见面打招呼就是问"饮左茶未"，这大概同我们早上问候"早安"或者客气地加一
句"吃饭了吗"相差无异。当然，说是早茶，实际上不仅要去茶楼饮茶，还要吃点心，三五
好友聚在一起，边吃边聊，联络感情的同时也不失为极佳的娱乐方式。正因如此，广州人把
饮茶又称为叹茶。叹是广州俗语，享受的意思。于土生土长的北方人而言，一个叹字道尽了

广州人对早茶的感情，既充满爱惜，又满载一份得意的心情。我也曾想，高度忙碌的快节奏广州人怎会愿意花一上午的宝贵时间用来叹早茶？直到我坐在茶馆里，看着周围的广东人、听着我完全不懂却感觉异常洋气的粤语，顿时才明白：消耗时间是消极的，消遣时间却是积极的，广州的早茶文化不是消耗时间，而是消遣时间。时间因此变得有滋有味，呈现出生命的趣味与丰富。吃早茶便是吃时间的滋味，一旦来茶馆坐下，就必须有这份优哉游哉的闲情。龙应台在《亲爱的安德烈》里说：

　　人和人之间愿意花时间交流，坐下来为了喝咖啡而喝咖啡，为了聊天而聊天，在欧洲是生活里很大的一部分，是很重要的一种生活艺术。

是啊，时间原本就空空荡荡，需要内容填充，在欧洲，人们于咖啡馆聊天；在广州，人们于茶馆里叹茶，岂不都是生活的艺术？

在所有的早茶点心中，我唯独钟情肠粉。我想，肠粉之于广州，大概如生煎之于上海，热干面之于武汉，羊肉泡馍之于西安，难以割舍的情谊让它们成为当地人最熟悉的味道和外地人念念不忘的思念。路边的肠粉店大多小而干净，透明的玻璃后面即为厨师现做肠粉的场景。把米浆置于特制的多层蒸笼中蒸成薄皮，分别放上肉类、鱼片、虾仁等，蒸熟卷成长条，剪断上碟。如此娴熟的技艺让肠粉瞬间从吃食升级为美食艺术。当然，更为重要的一步是最后浇淋的鲜美酱料汁。在香港、广东这片区域，肠粉多配以生抽或辣酱加花生油来调味，而新加坡和马来西亚等地区则多加添芝麻以及甜酱，所以吃惯了广式肠粉的人听说并不习惯新马的味道，但是却仍旧认为那是不错的地方特色。店员用蹩脚的普通话向我介绍：

加各自原料的叫牛肉肠、猪肉肠、鱼片肠和虾仁肠；不加馅的则称斋肠；米浆中加入糖的叫甜肠。

我点了一份牛肉肠粉，大快朵颐起来。

甜品永远是女人的心水之物，即便才女如张爱玲，也无法抵抗冰激凌和蛋糕的诱惑。说起来，甜品和女人总有着千丝万缕的联系，同样吸引人的外表，同样令人爱不释口的味道，或精致，或秀美，或性感，或妖娆。钟情于甜品的人看上去更加甜美随性，这是美食赋予其间的甜蜜。广州的甜品以我们熟悉的糖水为主，因为地处南方，天气潮热，为了清润益身，广州人一年四季都要饮糖水。你看那大街小巷，糖水铺满目皆是，再没有什么比这些长达百年的甜品店铺更能表达广州人对甜品的喜爱了。于是走过一家简易的老店，买一份番薯糖水，一边吃一边漫步街头，心想，这真是一个甜蜜在心头的城市啊！

闲逛了一天，也吃了一天。以为很晚了，谁知道广州街边的夜生活却好像才刚刚开始，各种宵夜和美食以丰盛的姿态呈现，仿佛误入一个欢乐的夜间集市。此时才知道，广州的饮茶分为早茶、午茶和晚茶，早茶通常清晨四点就开始，晚茶则持续至凌晨两点才收市，有的甚至通宵营业。如此好的饮食气氛，我自然不能仅作为看客，于是趁着夜色，凑个热闹，在路边小店吃了一大碗云吞面。《圣经》里说："贪食是一种罪。"那么我们谁人不是戴罪之身呢？

回到珠江畔的住处已经夜深，推开窗便见珠江的夜色，少了一点上海的车水马龙，却也保留城市的灯火通明。我曾无数次想象一个人的旅程，该如何熬过深夜的孤独，然而真实的情况是，一个人的旅程根本来不及煎熬，所谓的孤独便被白天的疲惫打败，深深沉入梦乡。晚安，羊城。

1.2 信仰

原来你早已等在这里

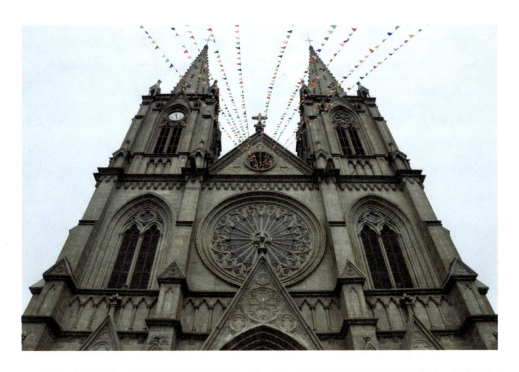

　　因为吃得满足，所以夜晚睡得特别香，第二天一早再次闲逛到附近的早茶铺，像个合格的广州人一样悠闲自如叹早茶。广州的确是一座古老与美丽并存的现代化大都市，市中心高楼大厦鳞次栉比，商场里各种商品琳琅满目。然而这些毕竟只是广州华丽的一面，这华丽背后仍保留着一份牵动人心的古老，仿佛这些东西才是羊城的奠基，所以我决定吃完早茶就去参观石室圣心天主教堂。

　　曾在网络和杂志上见过无数遍圣心大教堂的画面，本以为自己对这座经典建筑已经了然于胸，然而当我亲自站在它的面前时，还是为眼前笔直高耸的雄伟教堂深深震撼，久久说不出话来。这座历时二十五年建成，至今已有一百三十多年历史的双尖塔哥特式建筑庄严而磅礴、稳重而踏实地在地上，仿佛从地底奋发崛起，伸向天际。

以前我总觉得似乎只有黑白才能显示出教堂的庄严和神圣，然而当我进入圣心天主教堂的那一刻，忽然产生一种强烈的神圣感。教堂内所有门窗都以较深的红、黄、蓝、绿等七彩玻璃镶嵌，如此便可避免室外强光射入，使室内光线终年保持柔和，教堂内慈祥、肃穆的气氛由此形成。在这样的光照下，教堂的每一个细节都精致无比，甚至连角落里的雕刻都被细化得仿佛随时会动起来一样。正午炙热的阳光闯过彩色的天窗，把上面的一幅幅画照亮。几乎是在一瞬间，那种铺天盖地的庄严感和神圣感直击人心，像是忽然席卷而来的一股暗涌，令人心潮澎湃。

教堂每天定时对外界开放，分别用普通话、粤语和英语做弥撒，每一个进来的信徒或者游人都默默沉浸在这神圣的氛围中，即便说话也刻意压低声音，悄声谈论。我不是天主信徒，但在那样的气氛之下，任何旁观者都会被感染。当然，我并不反对信奉上帝，只是对我来说，宗教信仰者的世界与我格格不入，里面所有人都有一套相同的宗旨规则，唯独我没有。彼时我也有过需要信仰的时候，但宗教并没有帮到我什么。所以很长一段时间，我对宗教始终都保有一份敬畏。曾经我以为，需要宗教来提升自己的人，一般都是缺乏安全感的人，是对人性中的黑暗身怀恐惧的人，或是缺乏理想的人，于是拿宗教理想当作自己的理想，拿教主当作他们的靠山或榜样。可事实上，每天都有每天的罪恶，每天也都有每天的善行。如果没有信仰，不靠信仰来抚慰人心，那么生存一定会变得无比困难，特别是当每天的罪恶随着人们对物欲的追求而有增无减时，更是如此。

我承认我的生活里充满了困惑和软弱、怀疑和迷茫，在信仰的世界里我挣扎过很久很久，甚至到了这一刻也并不坚定。信仰这样的东西，一如灵魂，与生俱来，而我只有一些后天的原则，告诉我要这样做而不要那样做。我所以遵循原则，是为了避免遭到损失，损失会令我痛心。诚实的天性使我对人坦率，因而也使人对我坦率——至少我认为他们是坦率的，这保留了我对人间事物的一些信任，然而要说有信仰还远远不够。我的信任因人而异、因事而异，比较灵活，也比较现实。它不是那么确定无疑，不屈不挠。它有时候难免会带给我失望，但这失望也不会太使我受挫，我可以调整方向，并以阅历为这失望做一个注解。而信仰却是比较坚固的东西，

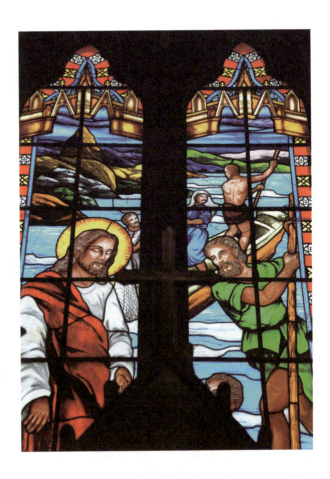

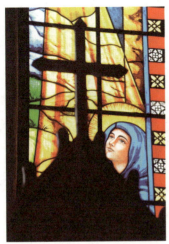

它没有那么多的回旋之地，一旦它被否定就不再有退路。信仰这东西太庄严、太郑重，于轻浮率真的个性很不合适，如果不是与生俱来，我们就完全不必要再去背负起它来。因为它是那样绝对，不由就虚妄起来，人间事物没有一桩不是相对存在，有什么事物是绝对的呢？那只可能是形而上的事物。

我一边思考，一边坐在教堂角落里观望弥撒。在整个看得见的世界里，几乎没有哪种印象能比午后斜阳之下的圣心天主教堂里体验到的心理感受更强烈有力了。到处弥漫着火的感觉，缤纷色彩在歌唱，在欢乐和哀泣。那儿，千真万确，是另一个世界。

这么精美的建筑，并非走马观花似的走过了就算是看完的。我在圣心天主教堂门前踱步又踱步，流连再流连，却始终舍不得远离这份精致和庄严。我再度抬头瞻望这座庞然大物，精美的钟楼和尖塔拔起森然的

棱角，层层叠叠拥护而上，将一座十字架举上天顶。高耸的尖塔小巧精美，优美的线条贴着流畅的墙面，绚丽的吊顶轻盈雅致，烘托出基督教精神内涵的空灵意境和垂直向上的形态。从美学的角度来说，建筑本身多一笔不可，少一笔欠缺，柔美之中却能散发出一种难以估量的力量。用"杰作"这样的泛泛词语，也难以表彰这样大气的建筑场面。

　　这些年看过一些教堂：法国的巴黎圣母院、香港的圣约翰座堂、哈尔滨圣索菲亚大教堂、青岛的圣弥厄尔教堂、上海的佘山圣母大殿，以及眼前这座石室圣心天主教堂。也许唯有在如此神圣的建筑面前才能感受到信仰的美。然而这些教堂所留给我的东西，又不仅仅是繁杂恢宏的视觉冲击，还包括了粗糙而干燥的质感，在抚摸着的时候传递到肌肤深处，与记忆产生共鸣，带着炙热的温度，留下烙印。于是我终于相信：我们所遇到的人与事、所经历的城与景，冥冥之中都不会是偶然。只需抬头看一眼这教堂便会了然于胸：原来你早已等在这里。

1.3 海滩

身上带着阳光的温度

从广州到深圳，乘高铁仅需四十分钟，高速发展的交通确实便利了穿梭在城市中的行人。然而，我并不想从一个高度发展的城市来到另一个经济特区，毕竟，深圳给我们怎样的印象呢？是白天的熙熙攘攘，还是夜晚的灯红酒绿？是街道上的车水马龙，还是华灯初上后的流光溢彩？如果不是执意要了解一个城市，我大概永远只以为深圳是个经济特区，具备所有大都市的冷峻面貌。哪会想到在这个经济特区城市的背后，有一个叫作大鹏的地方。这里远离了城市的喧嚣，有山有海有爱情，还有叉叉纳里这样的海边民宿呢。

说起民宿，我首先想到台湾、厦门，或者丽江、大理，却不知深圳的大鹏海边民宿已经悄然形成气候，旋木家的咖啡和小憩，星月湾的音乐和小酒，叉叉纳里的舒适与自在，这些民宿已经成为来此度假的游客之首选。大鹏不大，但有海有蓝天有沙滩，更让我惊喜的是，海边的民宿建筑多为希腊风格，靓丽的蓝搭配洁白的云，散步其中，恍若置身于希腊爱琴海式的浪漫，而这里竟然是深圳，是我印象中的经济特区，带着一点点执着。在这城市繁华的背后，我邂逅到一片未曾料想的民宿之家，宛如世外桃源，安静地守在海边，等着你去发现。

　　叉叉纳里就在深圳龙岗大鹏所城对面的海滩上，民宿的主
人叉公和叉婆是一对热爱生活的 80 后小夫妻。我从深圳市区
出发，辗转车辆，耗了近三个小时才来到大鹏，但站在海边的
那一刻，路途上所有的辛苦都有了回报。叉婆出门迎接，没想
到这样一个选择与相爱的人隐居海边的姑娘居然如此甜美，长
黑发，干净，说话细声细语，让人亲近，又不会因过分的热情
而感觉别扭。生活在这里的人，身上都有着阳光的温度，脸上
微笑的纹路瞬间就能抵达内心，带来温暖。

　　叉婆简单向我介绍了叉叉纳里的周边环境，答谢过后，我
便在海边沙滩上名叫仲夏夜之梦的小木屋住了下来。橘黄色的
房间，屋内被收拾得整整齐齐，床单是小碎花式的浪漫。从飘
窗望出去，就是金色的沙滩和蔚蓝的海岸。沙滩上有人穿着短
裤在整理椅子和遮阳伞，有人带着耳机沿海边跑步。拄着拐棍
的老人在街边闲坐，旁边是一条慵懒闲适的狗。金色的延绵长
线，由浓至浅蔓延扩散，就连沙滩也被染了色泽。射入眼底的
光线带着温润的暖意，我仿佛能够感受湿润的海风不时吹在脸

上，吹起一股笑意。我不由已走出木屋，踩到沙滩上。在此情此景中，过度在意自己的衣着、防晒、美白，反而显得矫情。我索性把鞋子脱下来，双手提着，在沙滩边上走。沙滩被晒得炙热，赤脚走在上面似乎能把脚底烤熟。远处是近似无限透明的碧海蓝天。年轻的情侣牵手在沙滩漫步闲聊。海水拍打在我的脚尖，带着一点凉意，清爽透亮。

我终于在海边租了房子，多年来的梦想实现了：在我想看海的时候便能看到大海，潮汐声终日在耳边起伏。这里不是这一点好，那一点好，而是哪里都好，特别是它的海岸，很平静，海风很小，景色怡人，伴有刚好的海腥味道。

我坐在窗边，忽然海面上有人撑着小船划过，他像遇见熟人一样同我打招呼，我虽然一时惊讶，却也友好地向他挥挥手。这情景让我想起我所生活的那个城市，行人之间是如何尽量避免接触眼神和目光以及久而久之形成的麻木与冷漠。偶尔真的应该从城市中逃离出来，摸着自己的心，问问她愿意过怎样的生活。这里的孩子在海边玩泥沙、堆沙堡，而不是玩手机电脑；这里的大人在海边读书思考，而不是去挤地铁公交；在这里生活的每一个人都珍惜眼前的美景，日夜反省心灵，而不是对周遭发生的喜怒哀乐都视而不见。

　　后来那一整天，我都坐在海边的小木屋阅读、听海浪、发呆，就这样等到落日余晖。映着晚霞，世界就在我的关注中变成炫目的彩色。那晚是我第一次如此近距离靠着大海、伴着海浪声入睡。在那以前，我从未体会过大海可以如此柔情，也从未感觉自己离大自然可以如此之近，那海浪声时而清脆，时而勇猛，像极了我会爱上的男人：铁血柔情。夜深后，周围只剩稀稀落落的屋灯，天上的星星反而显得更加明亮。朝大海望去，尽管只是一片黑暗，但这黑暗里没有害怕，没有孤独，而是安宁和释怀。我忽然不再纠结于自我和所在：世界那么大，总有一个地方是属于我的。哪里呢？我也不知道。也许遇见就会明了吧。就像那个仍在茫茫人海中寻找你的人，找到了便能够相爱吧。听着近在咫尺的海浪声，宛如枕着心爱男人的手臂，我甜甜地睡去，做了一个长长久久的美梦。

在叉叉纳里的每一天都是看海、踩沙滩，清晨在朝霞中读书，傍晚在夕阳下哼唱。我喜欢和叉婆聊天，她身上有一种明媚的感染力，哪怕她话不多并且语气轻柔，站在她身边时，仍旧会跟着一起笑起来，就像这冬日里南方的太阳，让人心里莫名充满了暖意。她和叉公的爱情故事便在闲聊中缓缓道来。原来，他们也只不过两个陌生的路人，曾在古镇同里有过短暂的相遇，虽然相爱了却不得不回到自己所在的城市，从此天南海北相隔一方。像所有爱情一样，叉公叉婆也经历过远距离的煎熬。直到有一天叉公约她看电影，说虽然不在同一个地方，但也可以在同一个时间去看同一场电影，连座位号都要挨在一起。然后在电影院，他就出现在她面前。从此她决定，无论发生怎样的困

难都要和他携手走下去。于是颠簸流离，最终选择来到深圳大鹏，那幢小楼在他们的打理下成为如今的叉叉纳里民宿。知道他们装修经历的人，都说好像三毛在沙漠里白手起家的故事。一切都是机缘巧合，上天就是这样厚待有梦想、能坚持的人，而爱情本来就是很简单的事情，随时随地都有可能发生，是我们自己想得太复杂、把结果看得太重了而已。

叉婆说，假如当初有任何一个不同的如果，她都无法与叉公相遇。她经常回忆，感到命运的巧妙，因为就在叉公约她看电影的那天清晨，她忽然想通了一个道理："为什么我不能去我喜欢的地方过我想要的生活呢？其实没有人阻止我，阻止我的是我自己，是我自己有太多的东西不愿放下，所以才在这样一个我不喜欢的地方过着我不喜欢的生活。"

后来我问她："为什么叫叉叉纳里？"她说，纳里源自丽江束河边的一个小村落，叫雪山纳里，其实离雪山还有几十公里，但如果有人问你住哪里，你会说住在雪山纳里，别人便以为你住在雪山那里。而这里，就是叉叉纳里，人家问："你去哪里？""去叉叉纳里（叉叉那里）。"好一个诗意而浪漫的名字，除了环境的温馨，还有人情的温暖，这大概是叉叉纳里最柔情的地方吧。

别在生活里找你想要的，要去感受生活里发生的事情。

　　这就是海边民宿叉叉纳里带给我的感受。叉婆说，她知道自己生来就不是干大事的人，所以喜欢平淡的日子，喜欢简单的生活。"每个人的日子总是忙碌地过着，同样经历着春夏秋冬、花开花谢、潮起潮落，但忙碌并不是忽略自己的理由，随时随地停一停自己的脚步，感受一下此刻身边的风景，它会让人心旷神怡。要知道，一万个美好的将来也抵不上一个温暖的现在。"

　　相信爱的人，连对待身边的人都是友善的。叉叉纳里盛产爱情，也盛产能够厮守一生的情侣。而我，能在别人的爱情里收获一点幸福感就已经很满足了。浪漫如我，最终还是选择了让心脏正常跳动的平淡生活，太刺激的经历伴随的代价，总是比我们想象中要大很多。往往还没有看到甘甜，就苦死在磨难里了。所以心里比谁都明白，我终究不会有他们那样的勇气和决心，无法享受那般我只能羡慕的生活方式——唯有祝福。

　　时间充裕的旅行应该尽量慢下来，到达陌生的地方以后并不急着到处走一走，而是看看蓝天，闭着眼睛感受来自四面八方的声音，人为的、天籁的声音，然后才慢慢走近。这是纪念——抽象而模糊的概念，并非人人都能体会到，也并非人人都愿意去体会。

　　就这样在叉叉纳里放空几天之后，我再次踏上行程，准备进行一次单车环岛骑行。

　　说是环岛，其实地点在深圳南澳镇的杨梅坑。最初，环岛骑行的计划落在台湾，但因为种种说不清的原因至今未能成行。就好像我一直很想看话剧《恋爱的犀牛》，却因为工作忙碌、路途稍远没能看成。后来好不容易忙完那段时间并且咬咬牙忽略"遥远"的路途，又发现《恋

爱的犀牛》已经去下一个城市巡演了。在这没有足够金钱和足够时间的人生阶段，总是处处有遗憾。也许这就是仓央嘉措所说，"我问佛：世间为何有那么多遗憾？佛说：这是一个婆娑世界，婆娑即遗憾，没有遗憾，给你再多幸福也不会体会快乐。"

　　租辆单车，开始在这山海辉映、碧水接天的骑行路上感受海风。虽然都说杨梅坑的骑行条件很好，但我从未想过能够如此接近大海，平坦的沿海公路上是零星的骑行者，有时他们如风般快速从我身边骑过，像是疯狂的少年大声呼喊；有时会看到他们把单车停在路边，面朝大海，思考或发呆。我也尽情感受风的吹拂，完全沉浸在骑行的乐趣中，才发现机械的重复运动果然能给人带来意想不到的放松。听过那么多的海浪声，我几乎能够辨别海浪流落在沙滩里和海浪拍打在礁石上有何区别。那就好像一个是温柔似水的南方姑娘，用吴侬软语将你融化；另一个是豪爽大气的北方姑娘，刚烈顽强、铿锵有力。两种姑娘都是那么可爱，那么让人怜爱。

　　杨梅坑的骑行路线不长，然而坐在海边吹吹海风想想心事，却也足够待很久。午后的岸边依旧是此起彼伏的海浪声，还有飘缈不定的风的低吟，这些都是大自然的馈赠。路过一小片沙滩时看见有人在静静地垂钓，很长一段时间都纹丝不动，那认真的神情早已超越垂钓本身。我忽然想起曾遇到过一个同样喜欢钓鱼的男生，他总是试图说服我钓鱼是一件多么有趣的事情，希望我能和他一起感受一次，哪怕一次。而我，尽管努力了，最终却仍旧对钓鱼、对他都提不起兴趣，所以我从来没有陪他钓过鱼，却吃过很多次他钓上来的鱼。后来呢？如果把人生比作一场旅行，那么这些旅途中的爱情就像是你所路过的一段风景。什么样的景致你都

会看到，当它出现的时候，你不可能总是闭着眼睛从这里过去，而我们会睁开眼去看、去欣赏，那是因为在潜意识里，我们都知道，风景再美也终究会路过。

可能有些地方的确不适合一个人去，好比这个有着湛蓝天空的环岛路，需要有人分享。然而旅行不就是为了相遇吗？人与地、人与人、人与万物，乍乍然在异地邂逅相逢，是这样一种绽放的惊喜。纵使错过，亦是安慰。也许这一次次的错过，不过是上天给予我的另一种际遇。

那些在外飘荡的日子，总有一天我会回望，并且感慨：这是我一生最幸福的时刻，而我却不知道。

1.5 爱情

没有什么我们习惯不来，也没有什么我们接受不了

　　大海的味道已经让我感到熟悉亲切，可最终还是要离开这碧海蓝天，心里的不舍日日蔓延，所以临走前的那天清晨我再一次起个大早，裹上外套准备去沙滩上吹吹清晨的海风。太阳藏在一片海雾里，绵长的沙滩上只有我和另一位老者。其实我在这里几乎每天都能看到他，七八十岁的样子，背着一个随身包，像是游客，身上却没有游客的那种感觉。他手中握着拐杖，看得出来已经使用了些年头。他的眼睛总是微眯着，望着大海的方向，不知在睡觉，还是在想什么事情。

　　"旅行也要结束了吗？"我走上前去问他。若是换作平时，我是万万不可能平白无故打扰另一个人的清净，更不会在旅途中主动和谁交谈。走过那么多地方，我似乎明白一个道理：再怎样让人心暖温情的相遇，也只是一道路过的风景而已，很难在往后的生活中延伸下去，我们每个人的每一次告别都有可能是永别。最好，还是保存为记忆。但那一次不知为何，好像命运引领着我向他走去。

　　"不是，过来散散步而已。"他抬头看我一眼，微笑着说。

"可是你背着包呢！"

这一问，我才有幸了解：人们幻想中天长地久的爱情，原来真的存在。

老人确实只不过散散步而已，从大鹏所城走到这片海滩，每天每日，几乎不间断，因为这里是他与老伴相识并且相爱的地方，哪怕现在妻子已经过世二十多年了，他独自生活着，也很开心。他说，他害怕自己会忘记，所以需要不断地让自己重复回顾那些年轻时代的记忆。他们一辈子无儿无女，拥有的全部，都是关于彼此，所以他无论如何不能忘记。老人在提及他的妻子时，柔和的面容甚至让我这个局外人都察觉到他的幸福。我很难想象一个人内心完完全全牵挂着另一个已经不存在的人，独自生活二十多年，需要多大的勇气——这不是一件容易的事情。

生死离别对谁来说都是痛苦的，更何况他们如此深爱。我问起他这二十多年都是怎么过来的。他说，其实和过去没有多大的差别，他依然有着健康热闹的生活，有着丰富幽默的同伴，他积极地面对自己的人生和遭遇。他从来不会为自己的孤独感到痛苦，因为他知道，她在遥远的地方一直看着自己，所以无论他做什么，都和她在世时没有两样。哪怕他心里明白，想念一个人其实比陪伴一个人更加让人煎熬。而所谓的痴情，不是说你爱一个人，整天和他在一起，他到了哪里你都对他念念不忘，而是，你爱他，无论他在什么地方，你过着怎样的生活，心里最温暖最璀璨的那块地方，永远都在为他保留，历久弥新。

　　末了他说："没有什么我们习惯不来，也没有什么我们接受不了。"这一句仿佛自言自语，又仿佛是对我的临别赠言。

　　我几乎用尽了全身的力气才忍住泪水，老人尚且能够坚强地生活，我有什么资格在他面前悲伤呢？我只有对他说一句谢谢，谢谢他与我相遇，谢谢他愿意同我交谈，谢谢他用轻描淡写的语气讲述一个关于爱情的爱情故事，更谢谢他让我明白：面对生活，原来我们需要的只是时间和心态。

1.6 香港

轻灵而百变，这是它的性感所在

　　既然来了深圳，我想不
出还有什么理由不去对面的
香港逛一逛。熟悉我的人都
知道我打心底里对香港的热
爱，然而这份热爱并非购物
式的热爱，并非参观景点式
的热爱，亦非高楼大厦式的
热爱。这份热爱源于香港电
影，源于人和情，同样源于
深不可测的宿命。

　　从深圳过关到香港市区
已经傍晚了，出门走一走，
不知不觉来到离酒店最近的
星光大道。这个"香港著名
景点"就像上海的滨江大道，
濒海临风，维多利亚港尽收
眼底。然而低头才见好风光，
每走一步就能看到一块镶嵌

人名的地砖。从张彻、胡金铨到吴宇森、徐克；
从林黛、林青霞到梅艳芳、张曼玉，几乎囊括
了所有知名的华语电影人。我无数次表达过对
于香港电影的深情，就算好多影评人吹毛求疵，
用"穷途末路、山穷水尽、江郎才尽"这样的
词来形容，他们依然是我心中的香港电影。怀
着一颗赤子之心对待之，多些包容、理解，于
创作者、于观影者，都会更加通透，所以哪怕
去过再多次香港，遇到某个路口或某条街，我
仍然会激动地对别人介绍"你看你看这就是某
某电影里的场景哦！"也许我们这代人，对香
港的印象几乎都来自 TVB 和香港电影，所以看
到《线人》中谢霆锋和桂纶镁初次相遇的岔路
口会兴奋，看到《人间喜剧》中杜汶泽走过的
地下道也会兴奋，看到《月满轩尼诗》中的那
条轩尼诗道仍旧会兴奋。还有身穿淡蓝色制服
的香港警察，街道两边的卖报摊，藏在巷口的
面包店。对于香港来说，电影就像空气一样，

浸透在生活的每个角落。难以割舍的港式情怀，让我觉得香港活像一个万花筒，爱恨情仇、市井豪门，什么都有，看到的是俗气，散发的是芬芳。

尽管那些城市或许因为某个景点而闻名，可是真正让我们喜欢上它的，却往往是发自心底、只属于你自己的感情。香港，于我而言就是一部讲述时光的老电影。也许香港本就是个为电影而生的城市，每条马路，每个转角，都写满了故事，只要生活中有的，电影里就有，而身处其中的人们，早已习惯了这部作品的存在。如果有一天你去了香港，便也进入了这个光影的世界。那么，究竟是城市成全了电影，还是电影成就了城市？没关系。时代在变，城市在变，好在还有电影，留住刹那芳华，让记忆永存。

除了匆忙的游客，星光大道上最常见傍晚的跑步者，一个人，塞上耳机，做着机械的跑步运动，却不觉枯燥，真是有趣的人生啊。可见，一个人并不总是孤独落寞的。就好像一个人出来旅行，难道不就是为了享受一下单身的时光吗？有了这样的念头，当一个人吃饭，一个人走在陌生的路上时，就不会觉得那么孤单了。

你若在旅途留意观察路人，总会发现一两个独自上路的行者。背硕大的包，胸前挂着相机，走走停停。他们很随意，也可以说很自由，要么对着某处风景发呆，要么去最廉价的路边小店对老板喊："来碗大排面！"然后随便挑一条顺眼的弄堂就往里钻。和携手同游的情侣相比，谁的旅行更惬意？这很难说。可一个人旅行，也绝不是孤独的。一个人旅行的时候，最想去做的事情就是成为自己。这话乍听起来可能矫情了，但你想想，不用刻意去维持关系里的归属感，不用满足彼此可笑的占有欲，不用制造一些狗血的剧情，甚至不需要对方陪伴我们一起无趣，难道这还不够吗？维持太久的感情像温床，滋养着惯性。两个人的世界变成一辆行驶在路上的汽车，没有拐弯，没有加速，放在方向盘上的双手自始至终都不曾移动。一个人之后，再没有约束限制，接触更多的人，畅快地交流，踩下油门调转方向，这才回到了那个游刃有余的世界。一个人并不都是凄凄惨惨戚戚的，反而诞生出一条道儿跑到黑的勇气，我们的时间和爱意全都还给了自己。当然，一个人的旅行总有无论如何都不会去做的事情，这个时候我才会暗暗怀念起两个人的时光。或许从某种程度上来说，旅行都是相似的，容易触景伤情。

走累了就随便找个路边的餐馆吃晚饭。香港人的忙碌让吃饭这样的闲情逸致也不免匆匆忙起来，何况餐馆不大，更显挤蹙，还好一切看上去忙而有序。我好不容易找个空位，刚落座，就听见有人问："我可以坐在这里吗？"他指着我身边的空位，满带笑意地说。我看了他几眼，三十上下，头发不多，身材偏瘦，脸型偏小。询问的笑容里有让人不想接近的距离感，所以我判断他是极为干练的商人，但他却戴着一副看上去颇斯文的眼镜，我认为商人是不该戴眼镜的。他拉着行李箱，很普通的黑色，却穿着一身跳跃的橘色外套。我又想，他会不会是那种沾染了痞子气质的文化人？

无论商人还是文化人，我打心底里是不愿与他同坐的。

也许是一下想了太多，忽然惊觉自己盯他看的时间已超过"礼貌"时间范围内。我赶紧摇摇头，示意他这里没人，可以坐下。他很自然地落座，点餐，用温水冲洗碗筷。待一切OK，他开始跟我搭讪。"一个人？"我点点头。"来香港旅游？"我想了一下，又点点头。"买东西

了没？"我摇头。"没带点水货回去？"我再摇头。他问了四句话，我却未曾开口回答半句。说实话，我被他身上那种特殊的气质——震慑住了。尽管我并不喜欢这种咄咄逼人的气质，甚至有点反感，但却着实被一种无形的气场震慑住了。他又开口："哇哦，一个小姑娘来香港，好厉害！"这一次，我连最起码的礼貌性微笑都没有回他，因为那语气里明显充满着虚情假意式的讨好。"你从哪里来？"他还不死心。"上海。""香港好玩吗？""还好。""上海也很好，不输香港啊！""是的。""那你专门跑来香港？香港有什么是上海没有的呢？""上海……没有香港。"我说完最后一句莫名其妙的话就匆忙吃完饭离开了。出于礼貌，离开前特意从嘴角挤出个笑容。

对于这样一个也许一生只得这次初见并且印象并不好的男人，挤出这点微笑已实属不易——在陌生的城市，与一个陌生的人相识，本身就是一种带着冒险的缘分。

但我却不禁开始思考：是啊，香港有什么是上海没有的呢？所谓的港岛和九龙，不外乎浦西和浦东；所谓的星光大道和维多利亚港，无非就是外滩和黄浦江。若要比这些刻意包装好给外人观赏的风景，上海早已不输香港，但香港依然有令人魂牵梦萦的温情，否则我大可心安理得待在上海，又何苦远渡重洋只为看一眼香港呢？

海明威叙述二十世纪二十年代的巴黎时曾说：

如果你够幸运，年轻时待过巴黎，那巴黎将永远随着你，因为巴黎是移动的盛宴。至于我们，或许年轻时应去上海、香港、台北走走，品尝各城独特的味，那经验说不定也终生受用。对特别幸运的人来说，跨城闲游，三城犹如一场接一场的移动盛宴。

于是，我循着他的话，从巴黎到上海，再到香港，又辗转台北，品味味道十足的移动盛宴。

　　我时常感觉香港出现在回忆里，模糊的样貌，清晰的感受。这种回忆就像某一天的某一刻故地重游，相机闪过一幕又一幕儿时的场景。人在瞬间就被拉回到过去的时光，连空气中都参杂一些时间沉淀出的发霉气味，陡然增加了年代的厚重感。那时我不断怀疑，未曾经历过的城市又怎会作为回忆出现呢？

　　原来，某些城市就如某些电影、某些书，好像一直是在某处等待，等你去看，等着跟你说话。

　　很多次路过香港机场都是转机，来去匆匆，但真正坐下来才发现，香港的机场有种特殊的感觉。机场的咖啡厅是宁静的，不像寻常西方酒吧里的生气活络。有的人手夹一根香烟，却也不抽，只是夹在指尖，沉默地看着，好像在等待谁。也许只是等待时间。那姿态，仿佛是在祭拜悄然流逝的青春，空气里透着一股浓密的死寂气氛，令人无法喘息。此外，就是赶在离港前最后一站血拼的人们，那些免税的东西顿时像免费一般，不一会儿就再次整理出很多大包小行李。于是，香港从机场开始便截然不同地分成两种空气，寂静的和活跃的；一半是海水，一半是火焰，充满令人眷恋的暧昧之感。

这也难怪，成就香港的本来就是两套文化机制的并存：一是港人的自发劳动再生产出来的港式文化，二是多年的殖民与融合带来的多元文化，并列不相悖，甚至不一定"和"，只是各顾各的存在。经过一阵肆虐之后，却稳定下来，与主题共存。香港街道的商店招牌如此，香港的美食亦是如此。那些所谓的港式茶餐厅、港式早茶、港式甜品等作为香港美食的代表被宣传得神乎其神。同时，香港和任何一个国际大都市无异，提供几乎所有的世界美味，而且难得正宗。截然不同的饮食文化尽管也是各自存在，但时间久了，竟觉得这种应有尽有更能代表国际化的香港。

香港在两种文化的碰撞之下，产生一种暧昧的气质，像一块悬浮在空中的云，易挥发，难沉淀，没有依傍。它是生动的，有血肉，但没有骨头。它有一种亦庄亦谐的气质。这些我们都在香港的电影或者电视剧中可以看见。昂贵的和低劣的永远隔街相望。用不同的眼睛，可以看出不同的现实。只要稍调整角度，都不难看出香港日益饱满的港式面貌。

想到这里，我忽然觉得欣慰：香港的确轻灵而百变，这是它的性感所在，像一簇簇的小火焰，亲近的热烈，所以很容易点燃。

在这个世界上，有许多一流城市的崛起——比如香港之所以为香港，伦敦之所以为伦敦，甚至纽约之所以成为纽约——都是出于偶然，是一连串小概率事件相互作用下的结果。和个人一样，一个城市终归有它自己的宿命。

所以这就是香港。你见，或不见，香港就在那里不远不离。

1.7 文化之城

完美些，再完美些

　　我们会期待一个朝气蓬勃的城市有文化底蕴，正如期待一个衣着光鲜的姑娘有内涵修养。这是一种正常的心理期许，总希望完美些，再完美些。香港便承载着这样的期待：在拥有了国际大都市的物质身份后，香港的文化问题再次被香港人以及所有对这个城市有特殊感情的外来人所关注。

　　限于政策，每次在香港停留的时间都不够久，但我仍旧会抽空赶在香港艺术馆闭馆前参观一番。好在艺术馆就在闹市区内，一边是弥敦道的尽头，另一边便可看到维多利亚海。暗红色的建筑上用规规矩矩的字体写着"香港艺术馆"。落日未尽时的夕阳染遍了这片天，使得这艺术区仿佛与世隔绝般安详。

哪怕旁边就是正在进行露天表演的乐队，也丝毫没有打扰艺术的栖息。

一进馆，我立刻爱上了这里的环境，好像回到了大学时代周一上午的图书馆：人少，安静，自觉。所有人都小心翼翼，以艺术为目的，不打扰别人，也不会被别人打扰。有大人带着小朋友悄声参观讲解，也有学生模样的年轻人若有所思慢慢踱步在展览品前。馆内还有专业的工作人员，不是冷冰冰地提醒你"请勿触摸"，而是面带微笑地问"需要帮助吗？"那天，香港艺术馆正在举办罗浮宫雕塑全接触的艺术教育展。据说香港当地经常举办这种艺术性的展览，而且馆内很多展品都是私人捐赠，于社会、于艺术而言，无一不是慷慨的福利。

类似香港艺术馆这样的文化圣地，香港还有很多。然而一个城市究竟有没有文化，大概要看文化是否成为当地的主

流价值，是否日复一日是当地人生活的主要养分。否则香港每年举办这么多国际艺术节、亚洲艺术节、电影节、时装节、十大好书奖、校际音乐节，岂不成了文化圣地？可惜，文化不是一个演艺中心或者大剧院就可以成就的。香港的主流价值依旧停留在物质的满足。

然而，香港又确实一直都有各类文化圈子，只是每一个都觉得自己不受重视，没有在港人的视线内，主流社会遗忘了他们。香港的艺术家总是埋怨缺少文化扎根的土壤，然而他们却并不清楚自己要往哪里去，甚至他们也不在乎。真的不在乎吗？或许是对现实的麻木和无奈。一开始他们真的想要捍卫一方文化圣地，可后来呐喊仅停留在呐喊的阶段，抗议也久久未被重视。文化人在这个光怪陆离的城市竟然被伤了灵魂。台湾作家苏伟贞说，香港最不好的是找不到咖啡馆让她闲坐下来写一会儿文章。她触到了要点：香港土地矜贵，书店已经被逼到四楼了，文化人不得不生存在那一点委屈的空间内。我想，若不是太爱这个城市，他们又怎会固执守在这里，期待有一天港式文化

再次成为他们的骄傲呢？

其实，你仅需去一次香港，就一次，便可对香港的印象完全改变。朋友得意地说，他去了一家小小的冷门唱片店，在那里，居然把想找的所有唱片都找到了。原来香港什么都有，如果你真的去找的话，是什么都能找到的，但同时，他们又是小小的，处于社会的边缘。而主流对文化学术一直少有理会，主流都在忙房地产。

所以，当有人埋怨香港人不快乐时，林夕却说：

其实你非不快乐，只你一人未发觉。

他说："我所爱的香港，很多毛病都是从前播下的种子。比如高地价的政策令生意很难做，很大的连锁店才能生存下来。所以我们那很少有地摊，很少有具有个人特色的店能够生存下去，因为租金太昂贵了。还有情绪的问题，现在人们承受压力的能力越来越低。我希望人们还是像曾经那样，对成功的定义更广泛一些，更宽阔地去了解这个世界。你心里所期盼的事情实现了，其实你就已经成功了，就应该感到快乐。"

有时候，旅行对我而言，只需一个看得见风景的房间。

那些对睡眠环境不挑不拣的人，在旅途中是容易获得幸福的。庆幸我在任何地方都几乎不会因陌生而感到不适。能在异乡安稳舒心地一睡到天亮，对行者而言是难得的福分。

依旧六点钟起床，泡好咖啡，坐在窗边，看外面的风景。

有人说，在人口密度低的时候，空气会显得很富余而新鲜，因此有人愿意熬夜，哪怕黑眼圈像熊猫一样严重。而我则更爱大清早起来，享受一天中难得安静的美好时刻。天灰蒙蒙的，还没有透亮。屋内的潮气让落地窗像是被贴上一层半透明的贴纸，外面的世界因此模模糊糊。我试图擦去雾气，玻璃上却满是水珠，一滴一滴，不慌不忙地沿着玻璃面落下来，好似在接受雨水的冲刷。

待外面的世界清晰了，天又更亮了起来。

这时候的香港竟然是安静的。我所住的楼层与对面的河只隔一条街的距离，河的对岸有个游泳池，不大不小，看上去很干净。再远处是低矮连绵的山。偶尔有白色的海鸥飞过河面，稍作停留或者不作停留，自然随意。街道上的巴士站台零星几个等车的人，看样子应该是去赶着上早班，从那几乎毫无变化的站立姿态，我猜测他们定是没有表情的。还有两个身穿蓝衣白裙校服的女学生在交谈，那交谈中也看不出快乐，只是你一句我一句地说着。河边的护栏旁是慢跑的健身者，大多塞着耳机，专注地跑，又好像在专注地思考，经过巴士站台等车的人们，也没有慢下脚步。对于慢跑者，我是充满崇敬的。如此茫茫然的距离，完全需要自己一个人忍受不可名状的孤独。如若只有孤独也罢，可同时还要付出身体上的疲倦。当然，这些对于爱好此活动的人便成了享受，甚至成为一种独处的快乐。就像村上春树在《当我谈跑步时，我谈些什么》一书中所描述：

我跑步，只是跑着。原则上是在空白中跑步。也许是为了获得空白而跑步。即便在这样的空白当中，也有片时片刻的思绪潜入。这是理所当然的，人的心灵中不可能存在真正的空白。人类的精神还没有强大到足以坐拥真空的程度。即使有，也不是一以贯之的。话虽如此，潜入奔跑的我精神内部的这些思绪，或说念头，无非空白的从属物。它们不是内容，只是以空白为基础，渐起渐长的思绪。

想着想着，窗外的世界已从微亮变成透亮。矮山的顶端不知为何出现一团云雾，但天空另外一边的光亮却预示着晴好的一天。这才想起，日出怕是看不到了，因为这扇看得见风景的窗户正巧面朝西。那么对于日落，倒是个很好的观赏点。然而，日出日落这种东西，我是从来不会去刻意追求或等待的。尽管美，也正因为美，才应该在偶然间获得。比如去山间采蘑菇的某个清晨邂逅了日出，再比如去海边捡贝壳的某个傍晚邂逅了日落。这种不经意的遇见，这种命运似的注定，才是我所期待的、冥冥中的相遇。

此时，河里开始有人练习皮划艇，远处的游泳池也多出了几个游泳的人。窗外的景色因此多了几分热闹，我在窗内的世界依旧安静，好像在欣赏一幅动态的、安详的画卷。画中的人过着他们的生活，画外的我羡慕地欣赏他人的生活。其实，每一次旅行都像在观看一幅"生活在别处"的画。别处确实有生活，无论精彩或沉闷，无论似曾相识或迥然有异，对我来说，都是全新的生活。正是这一路的行走让我接近那些人，体验那些情，于是逐渐明白人生究竟有多少种可能，又有多少种存在的方式。也正是这一路不停的探索和思考让我知道，任何一种可以想象的生活方式都是存在的，如果不走出去，永远不会与其相遇。

所以必须行走。

否则，定会有"人之将死，方知没有生活过"的遗憾。

那清晨的一瞬间，我被一种生活的精致感包围。过去我时常以为自己一直追求的这份精致与真实的生活终究有一段无法企及的距离。其实也许根本没有，是过去的我们活得太潦草了，不拘小节、麻木不仁、得过且过、安于现状，使我们弄丢了身边的精致。

你看，若在如此美好的时光中沉睡，生命究竟要错过多少可被感知的幸福呢？

或许有一天，我忘记了香港，忘记了繁华和热闹。那些作为游客走过的地方，往往也像旅人一样，走过了，然后忘记了。能在梦中回忆起的却是这样一个清晨。我想，我永远都会记得这个看得见风景的房间和温暖潮湿的清晨。

1.9 南丫岛

心中的另一个香港

很多来香港旅行的人，看到的天空是一样的，白云是一样的，街道是一样的，汽车是一样的，就连相机里的照片都是一样的，但其实如果把香港比作一本书，那些去购物或者逛景点的观光者只翻到了书的序言，真正精彩的香港在繁华的背后，在转角的小巷里，在宁静的南丫岛上。

从中环码头乘船，三十分钟后就漂到南丫岛。的确，香港是一个喧闹的城市，可是当我置身于南丫岛时，只听到海浪起伏拍案的声音和渔民生活的心跳，喧闹早已成为遥远的记忆。岛上住着渔民，没有公共交通工具，于是我整理好行装，开始暴走南丫岛。说来有趣，在家的时候，除了去电影院、书店和咖啡厅，我几乎不逛街，甚至不出门。可是每次以游者的身份来到一个新地方，就会用暴走的方式把自己的双脚往死里虐，好像巴不得把之前没能走完的路全部走完，常常是一天过后回到住处才发现脚底磨出很多小泡。休息一晚，第二天继续暴走上路。如此一来，我真正以暴走城市的步伐，将旅行的意义从游玩转向寻找。

相比南丫岛对面的港岛，这里的岛民面对的才是有山有海有阳光的真正生活。从他们的面容中很容易看到安详、随性和满足，生活的节奏自然也不似我们想象的那样快。不知走了多久，耳边传来海浪的声音，循着声音走去，眼前豁然开朗——竟是一片宽阔的海域和沙滩。沙滩上有三两个小朋友在玩耍，身边还有一条狗来回奔跑，不远处是一个年轻人在搭帐篷，看上去像位露营者。我朝他走去，想确定一下接下来的步行路线。毕竟，暴走在城市里随时可以搭车自救，但暴走在这片人迹罕至的离岛上则随时有迷路的危险。说人迹罕至也许夸张了，但我徒步整个小岛，却只在路上偶遇过最多十个人。搭帐篷的年轻人用蹩脚的普通话为我指路，不停抓耳挠腮竭力想说一些更加清楚准确的信息，好像指路是一件可以令他兴奋的事情，

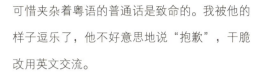可惜夹杂着粤语的普通话是致命的。我被他的
样子逗乐了，他不好意思地说"抱歉"，干脆
改用英文交流。

　　原来他是香港人，此行是带内地的朋友感
受不一样的香港，而那群内地的朋友是他在厦
门旅行时认识的。他说他知道有一家菠萝包比
翠花酒楼还好吃，价格还便宜一半。他问我是
不是传说中的文艺青年，我慌忙摇头，他却执
意告诉我旺角某个街口的二楼书店，那里有文
艺青年遍寻不着的好书。末了，甚至邀请我和
他们那群人一样，搭个帐篷在岛上住一晚。他
说，那样才会发现，原来香港也能看到璀璨的
星空。有一瞬间，我被他的这个提议和一拨年
轻的气氛感染了，有点心动，但内心的犹豫已
经暴露了我对这个陌生世界的不信任。其实我
知道搭帐篷度假对香港人而言并不陌生，香港
有几十个帐篷营地设置在不同的郊野公园内，
大多靠山面海，营地附近有便利店、医疗点以
及管理处，可谓人性化，但最终考虑到一个女
生出门在外还是安全为主。他略带遗憾地接受
我的婉拒，用充满粤式腔调的可爱普通话说：
"没关系啦，下次再来记得搭一晚帐篷露营。
香港不只有迪士尼和海洋公园，不仅仅是购物
天堂，这里也有很蓝的大海和很美的天空。"
我身边很少遇到这种性格特别外露的男子，
他身上简单直接的少年心性让我想起当时的男

友。我同这类人十分聊得来，可惜生活不是旅行，恋爱不似邂逅，爱不爱，适合不适合，时间会无声地给出答案。

我和他微笑着挥手说再见，不远处传来海浪的声音，那是我心中的另一个香港。

我们身边真的存在两种截然不同的旅行境界：一是往外走，一是往下走。大多数人都处在"往外走"的阶段，能逃离终日被困的大都市、去别人过腻的地方转转就不错了，当该心满意足；与此同时，还有一拨人坚持"往下走"，他们不满足于那些时髦的旅行地，而是到乡村和县城，轻而易举接上了地气，再加上有这种执念的人多少都是个文化人，读书多而杂，眼界自然更宽阔、更有趣。我并不是说哪种旅行的境界更高、品位更好。年轻时候，对"境界"这个事儿既不能着急，又无法强求，只能靠学识、靠经验、靠打磨，希望能早日顿悟，自己觉醒，不但"往外走"，也能"往下走"。

于是，我继续出发。一路走，一路记忆。

然而就像那部电影《转山》展现的，暴走的旅行方式并不仅仅充满豪情或勇气，毫不掩饰地说，真正走到双脚无力时，放弃的想法简直无孔不入。而且如果一直走，不间断地休息，那么身体就会适应这个节奏而感觉不到有多累。可是如果走走停停的话，就会比一直走在路上还要累。南丫岛风景的自然和淳朴让我不时停下来选角度、按快门，暴走的节奏很快就被打乱，当意志力精疲力竭时，身体早已到达体力的极限了。当时的我却处在半山腰，四下无人，既无法求助，也再没有心情赏景。我不得不开始回想蕾秋·乔伊斯的《一个人的朝圣》，因为那是一本同样描写徒步的书，故事的主人公在六十岁的年纪，用了八十七天独自走完六百二十七英里。他是如何做到的？如果他能做到，我凭什么不可以？连我自己都很难相信这样的榜样激励法若在平日里会产生多大的效果 ，然而一旦落到别无他法的境地，也只能一边想象着那位六十岁的老者，一边闷头继续走，来都来了就坚持一下吧，起码努力过。虽然是北半球的冬季，但南丫岛上的骄阳仍然暴烈。这一次真的不知走了多远，只觉从上坡走到下坡，从林间小路再次走回海滨浴场，竟然走遍了全程。像是经历了一场无人喝彩的马拉松，在来到终点的那一刻为自己激动，暴走途中的疲惫都不算什么了，我坚持下来了，这难道不比任何关注或喝彩都更有意义吗？经历了这样的迷路暴走之后，再次回到喧哗的弥敦道时竟心生感慨：我的旅途不断逃离城市的喧嚣，此时此刻却感觉热闹的气氛反而令我安心。

有时候，独自旅行常常会把自己逼到一个遇到事情必须冷静思考的境地。因为当你陷入困境，没有人可以商量，也没有人能够帮助你，就只能自己想办法解决，但这个过程会让你明白：没有什么问题是无法解决的，也没有什么遭遇是大不了的，一切都会过去。于是，生活好似没有那么令人恐惧了。

在香港多待几天吧，多待几天你才能懂得它。但是，往来香港的人太多，大部分只把这里当作中转站或购物场，所以永远不会真正明白当初为什么要来这里。

　　许是南丫岛的暴走耗尽了我的体力，第二天早上醒来竟然发现喉咙难受、头晕眼花、浑身软弱无力地感冒了。如果有多余的时间，有必要在那种身体状况下多休息一天才好，可是回程的机票已订，我只能对自己一个狠心，从床上爬起来，收拾行李去楼下 check out.

　　一边办离店手续一边跟前台的姑娘打听哪里有药店。她给我指了大概的方向，可是却有近二十分钟的路程，我软弱无力且垂头丧气地说声"谢谢"。大概是语气中的失望和感冒的标准鼻音引起了她的注意，她没有多问什么，转而走向休息室，没多久又走出来，手里拿着两片药给我说："我也感冒了，这

是我今天吃的药，给你两片先服下，待会儿遇到药店再买一些吃。有水吗？"

　　我瞬时间愣住了，从未想过在这样一个不断被外人说"人情冷漠"的城市竟然遇到此般温暖。我这才抬头注意到她，看上去与我同龄，眉宇间透着秀气，说话时没有刻意带着职业性的微笑，而这点恰恰是最令我感动的地方：她递给我药时并不是出于酒店服务的姿态，而是完全私人的关系，好像同我有私底下的亲密一般。而我，一来一往，在此住上数日，也只不过与她有过两面之缘。待我反应过来，连忙说"谢谢，有水的"。她微微一笑，转身去办理别的住客手续了，好像刚才发生的那一切是再小不过的帮助而已，于我而言，却是这趟旅程中最难忘的片刻。其实被人关心是一件很窝心的事，尤其对我这类生性寡言甚至长期鲜少和外人接触的人来说，更加感到受宠若惊。然而帮助别人不过是举手之劳，我表现得如此惊讶才是可悲。

　　早已习惯了受伤的时候自己处理伤口、自己解决问题，从来不让人看出自己任何的伤痛。能在异乡遇到这样的人，无论如何都会觉得世间温暖，任何郁闷和烦躁都在她低声的询问下烟消云散。最美的东西，是在常规的路途和酒店里看不到的。生病也好，坐错车也罢，走一段停一段又如何，我们若真想到达一个地方，总会想到无数种方法，总会遇到无数种可能。热爱生命，热爱自然，热爱旅途中遇到的人和事，只希望阳光积极向上，这些就是我要追求的。

　　就这样，仍旧一个人上路，一个人走完了旅途。有人关心、有人分享固然是好的，但这份感情就像旅途中的邂逅，顺其自然，不可强求。最终我们都会明白：背井离乡助长想象力，养分的吸取并非通过根部，而是通过无根性。

1. 11 念念不忘，必有回响

旅行，在日复一日的生活中完成

终究还是要面对琐碎的生活，但当我再次回到滨江大道、回到东方明珠脚下时，忽然感觉：旅行，的确是为了回来更好地生活。那些从小村子走出去参加战争的人，你以为他们会计较战争的正义是非吗？你以为他们会在上战场前思考生存与死亡的意义吗？他们也只不过想离开那个早已厌倦的狭窄村落，想出去看看。我也是。有时候，我只是想出去走走，无论身边有多么令我满足的东西，满书柜的书、可口的食物、甜蜜的情人、有前途的事业，都是我一点点收集到身边的，他们都是我最喜欢的东西。但是，全都没用。人在某时某刻，就是要出去走一走。

所以最近几年，文艺豆瓣上有个叫辞职休学去旅行的小组着实火了一阵。几乎一瞬间，城市的小白领们辞职了，象牙塔里还没断奶的学生也吵着要休学。大家撤的撤、逃的逃，以千军万马的气势离开他们曾生活过的城市。这一切，只因为有更高一级的文艺青年告诉他们"生活是一本书，不旅行的人只看到其中的一页"。后来呢？后来过了大概一两年的时间，有杂志对这波人做了一次后续报道，这才发现，当初那些头脑一热、拍拍屁股就走人的文艺旅行者们度过了"凭热情过日子"的岁月，百分之九十又回到城市中，生活非但没有因为那场潇洒的远行而获得灵魂的洗礼，反而步履维艰。毕竟，钱还是要赚，日子仍要继

续，但雇主们可不认为你的辞职休学去旅行是件多么伟大的壮举。他们认为，以前的你能拍拍屁股就走人，将来的你就可能连屁股都不拍就离开。这既是你对生活的态度，也是你对工作的态度。

一时间，辞职休学的文艺青年们彻底傻眼了：有些人的生命之根原本就不属于大城市，无奈一去一回，人走茶凉，城市里再无任何依恋，只能回到旅途中，能飘荡几年就再坚持几年吧；有些人跟命运低了头，重新回归生活，找个有点廉价的新工作、靠谱的对象，生儿育女，一直到生老病死。当然，这其中的收获与苦乐是我们这些不潇洒、不果断、不敢放弃的普通人无法真正体会的，这是我们的悲哀，但朋友说得好："文艺青年正在走进一个陷阱，不屑于做踏实的基础积累，只是一味追求标新立异。"你看，错就错在，很多人直到出发走在路上，都没有给自己、给旅程、给生活一个经过思考的定位。

在这样一个旅行职业化的年代，总能碰到一些年轻人辞职休学、怀揣着少得可怜的现金和很多很多的梦想就去旅行，美其名曰："穷游，去寻找人生的价值。"我也经历过穷游的阶段，为此不免隐隐担忧。穷游是一种态度，并非完全凭使用金钱的多少来衡量。不一定选择豪华的星级酒店，但至少住得安全、干净、卫生；不一定吃奢侈晚宴，但至少不会饿死途中，所以不是钱花得越少，旅行就越具意义。那些所谓的自我价值真的能在含辛茹苦的旅行中找到吗？抛弃现有的一切豪迈洒脱地背包远行，究竟是为了充实心灵、看待世界，还是一时迷茫、逃避现实？如果没有考虑周全，是不是一定能在旅行回来后净化心灵、找到更好的生活和未来？

离开太快，走得太远，我们似乎都忘了生活的关键词究竟是什么？

于我而言，答案是：平衡。

行走是人类的本能，"环游世界，云游四方"于谁都是一个美得冒泡的梦想。文艺青年都有这个理想，却只有猛烈的文艺青年才去实现它。但命运待我们公平，那些看上去很美的旅游达人，你怎知他们流浪在异乡的酸甜苦辣，你怎知他们在途中流过的泪和汗水，你怎知他们也曾在旅途中需要面对威胁到生命的瞬间？即便那些吃好、穿好、住好的理想职业，如旅行写作者，你又怎知他们被赞助商紧盯行程，处处需要在文章中植入广告，要怎么写就必须怎么写的尴尬，那种对文字的束缚还不如一穷二白、独立行走来得痛快。

其实旅行就是旅行，与辞职和休学都没有关系，若想找各种借口给自己安慰或者逃避生活，还不如直接撂一狠话"老子不干了"来得痛快。旅行，应该是我们生活的一部分，和爱情一样，难以强求。它来，你欢欢喜喜踏上征程；它不来，你安安分分过好生活。彼时，大概就不会再为旅行的种种困难感到力不从心了，因为你的心，已经在路上。这是个充满情感的世界，如果你只是在理智上相信某些事情，但其实却没有与之相对应的感觉和行动存在，那么你就不会有足够的力量在生命中实现你想要的事物。我们日常点滴的生活终究扎根在大地上、活在现实里，因此必须对所生活的这个世界有所感觉。生活不是非此即彼的极端，也不是放弃 A 奔向 B 的逃避。工作和旅行可以达成一个完美的共存关系，合理利用公共假期，或者哪怕一个小周末，也能度过休闲的好时光。实在太累了，也可以休息几个月，回来后依然有能力维持自己的生活。

这个社会所标榜的"稳定"只不过稳定在较低的生活标准上，然而学到一身本领处处都有饭吃，才是真正的稳定。这可不是小年轻一拍脑门、一个脑热就辞职休学能达到的境界。

旅行，需要的仅仅是勇气，稍微不开心就可以换新地方，结识新人，重新开始，但是面对日常生活，单有勇气是远远不够的，还必须能抗住所有的寂寞和错误，在哪跌倒就要在哪爬起来，靠耐力、毅力、能力，不断完善从前的自己。如此历经无数个日月再回首时，才发现原来自己可以承受那么多，像转盘上的软陶，被双手打磨成不曾料想的样子。

必须承认，那些走过的路、看过的风景，在完成之前都不知道该如何选择，我只是知道要这样走下去。像是叉叉纳里的女主人叉婆说过的话："每个人的日子总是忙碌地过着，同样地经历着春夏秋冬、花开花谢、潮起潮落，但忙碌并不是忽略自己的理由，随时随地停一停自己的脚步，感受一下此刻身边的风景，它会让人心旷神怡。要知道，一万个美好的将来也抵不上一个温暖的现在。"

（2013.1）

二·一半蓝天，一半草原

　　人在生命的历程中，不彻底绝望一次，就不会懂得什么是自己最不能割舍的，就不会明白真正的快乐是什么，结果整天浑浑噩噩。不要回避痛苦，做个迎着刀刃而上的人。如果你一路躲闪，一直生活在舒适、愉悦、顺利的环境里，难免会变得肤浅。人类就是以痛苦的方式成长的，生命中能帮助你成长的，大都是痛苦的事情。难道不应该珍视生命中的这些痛苦吗？

——吉本芭娜娜

2.1 逃离

那么，这场远行就叫我们终究没有牵手旅行吧

从小生活在城市中的人，会对内蒙古的草原产生一种向往，它的无垠和盛大让生活在混凝土森林里的我一再念想。一如期待新疆的沙漠、青海的湖泊，或者西藏的蓝天。就这样日复一日期待着、规划着，慢慢有一天，你会发现那些心心念想的地方，竟然就这样都到达了。不但到达了，而且这里成为生命中可大可小的转折点，让你从人生的低谷慢慢走出来。

然而我的旅行从未像这次内蒙古，带有明确的目的性——逃离。

两天前，正式和他说分手。其实最终还是他说出分手二字，大概是真的害怕了，不敢去刨根问底，不敢看到真相大白。我觉得不管真相如何，对我来说都不可能是救赎。不知为什么，像我这样看上去如此大方决绝的姑娘，总是没有结束一段关系的勇气。一个人的情感是不能自杀的，所以我从来没有与别人主动分手过，即便我累了，也需要对方开口，如此这般，才能放我自由。

两天后，我坐上飞往海拉尔的飞机。是的，我要逃离一段生活。尽管我从小受到的教育都说"逃避是软弱的"，但随着人生真实经历的增加以及这些年栽的一个又一个跟头，我忽然发现逃离也是解脱之道，是给伤口打的一针麻药。那一刻，机场再也不能为我带来即将远行的兴奋和欣喜，而是麻木地取票、托运、安检、登机。我坐在飞机靠近翅膀的位置，身边是一对母女，小孩只有六七岁左右，安静地依偎在妈妈身边。我独自坐在窗边，看向窗外，刺眼的阳光让我再次隐隐流泪，视线朦朦胧胧。我第一次感觉到所谓的落寞在我身上变成了一个客观的事实、一个有着固体形状的庞然大物，两天前的绝望再次席卷而来。那天说完再见，他头也不回地走了。我却不停回头，不停回头。在绝望的那一刻，我放下尊严、放下身段，我什么都肯做。可我还能做什么？有时候，人真的不得不承认失败。

二〇一三年的上海尤其热，蒸发掉洒在路面的水雾，也蒸发掉恋人间的热情。因为是临

时起意的旅程，所以没有买到直飞航班，飞机从上海出发经停
呼和浩特，近五个小时后终于落地海拉尔。蓝天白云铺天盖地
呈现在眼前，从四十多度的酷暑来到二十五六度的神清气爽，
心中的雾霾也随这地域的辽阔而开朗起来。

　　此刻，与我约好同行的朋友已经从北京早我两小时来到海
拉尔在机场等待着。见了我，她什么也没问，只是走上来轻轻
抱抱我，说了句："没事儿的。"她是比我更坚强的姑娘，在
感情这件事情上，她一直是我的榜样。她身边是我只见过一面
的她的爱人。仍旧指尖冰凉，心里很疼，但和她拥抱的一刹那，
我终于触摸到熟悉的力量——感谢上帝，尽管生活那么不如意，
但生活中依然有那么多逃生口。

　　走出机场，就看见几位出租车师傅蹲在路边畅快地啃西瓜。
在蓝天白云、阳光灿烂的日子里痛快地啃西瓜，这才是真正的
好生活不是吗？

　　见我们来了，师傅热情地招呼："去哪里啊？"

　　我却没头没脑问一句："西瓜好吃吗？"

　　"好吃着呢，咱们这旮旯西瓜特甜。来，
给你们切两块尝尝。"

　　"真的吗？谢谢您。"

　　"那客气啥的。"说完，他就转身切西瓜
去了。

　　东北人真是可爱，西瓜也确实甜，印象中
已经很久没吃过那么甜的西瓜了，好像这种西
瓜的味道只属于童年，长大后就消失了，连同
那些想要留住的时光，都消失了。

　　海拉尔是呼伦贝尔的中心，三山环抱，二
水中流，真的远离熟悉的大城市倒也安心起来，
反正无需挂念，反正了无期盼。出租车师傅一
路讲的冷笑话让我对生活在这里的人有了最初

的好印象。他们随性、率真，尽管也忙于生计，但生活的乐观能化解生存的不满。

　　我和朋友放好行李，去了附近一家科尔沁烤全羊店。服务员端上一整盘羊肉，给我们每人一把小刀，显而易见，在这里就要自己动手丰衣足食了，我们三个一边宰羊肉一边不断往嘴里塞羊肉，豪爽过瘾，大快朵颐。朋友的兴致似乎特别高涨："老板，来壶奶茶。"我本以为是平日里类似南方小茶壶那样的一壶奶茶，谁知服务员真的送上来暖水壶那样的一大壶奶茶。我们面面相觑：这一壶奶茶，够喝一整天了吧。这就是内蒙古的性格，豪迈大气，我们又怎能不放开胸怀，体验一把入乡随俗呢？

　　其实那时候，我已经三天未进食了，几乎连水都喝不下，就连机场门口的西瓜我也在甘甜中尝出一丝苦涩。这场恋情结束得太突然，就算我已经在心里挣扎无数次，甚至以为自己做好了万全的准备，但真的发生时，还是如海啸般扑面而来，没有任何缓和的余地。我仍旧经历了所有失恋者都会经历的"夜不能寐、食不知味"，才知道失恋这个事，靠以往的经验并不能减少现有的痛苦，该经历的过程样样不少。所以这餐全羊宴，是我断食三天后吃下去的第一顿饭，竟有点感恩的心情在里面。

　　海拉尔的第一天在熟悉周边的环境中度过。直到夜晚近九点，天才渐渐黑下去。我躺在一间大玻璃房里，抬头就能看见霓虹灯微弱的夜色。身体里有一个部分还是很痛，但变化也是有的，那就是我渐渐习惯了这种痛。像在平地发现了一个大坑，一开始我总是忘记有个坑，不停地掉进去，过一段时间它还在那里，我已经学会绕过它了。

　　不，不仅要绕过它，而且还要将它填平，用我的旅行、耐力和坚定，用内蒙古的蓝天、草原和辽阔将这份苦痛填平。

2.2 白桦林
时光带走的那些深爱

一行三人，包了一辆车。司机张师傅大概三十上下，不知是因常年的奔波还是草原的环境让他的肤色看上去黝黑而健康。在内蒙古的这几天，就是他带我们穿越草原和山林，感受内蒙古的风情。

从海拉尔出来没多久就看到了心念很久的草原。初见草原，除了惊叹，我再没有别的感觉：八月初，正是草场旺盛的时期，大片的草坪如同天然碧绿的地毯，一堆堆打好的草垛子零星散布在辽阔的草原上，像温顺的骏马伏着休息，又仿佛会随时奔跃而起驰骋于这广阔天地间。

过了额尔古纳，就从草原进入林区。优雅的白桦树，亭亭如少女般玉立，绿色、黄色、金色的树叶以及白褐相间的树干，地上铺满了散落的树叶，阳光透过白桦林照进来，耳边的白桦树叶沙沙作响，像一首悠远的民歌，又像是女孩子的低吟倾诉。

"天空依然阴霾，依然有鸽子在飞翔，谁来证明那些没有墓碑的爱情和生命。"还记得朴树的那首《白桦林》吗？这里就是故事的发生地。悠悠唱起，依旧是俄罗斯的味道。这是一首关于爱情的歌曲，讲述一段纯真质朴的感情，像抬头即望到的这片蓝天，干净透彻。就在这片白桦林中，就在这棵白桦树下，她望着他远去，抚摸刻着他名字的白桦树。他们曾在这棵树下发誓，用尽这一生相爱。她相信他的誓言，却不知他已战死沙场。曾经的轰轰烈烈化为无尽的思念，她的身影仍旧守候在那颗白桦树下。

"我喜欢你。"当他带着十分的坚定和一点点倔强第一次对我说这四个字时，我竟是那样满心欢喜，我相信他也是欣喜的，从那孩子般的表情中就能看出。这是我最喜欢的表白方式，没有隐瞒，没有造作，我们一遍遍说"我喜欢你"，内心万里晴空，没有一点别扭气息。

然而他的话好似还在耳边，时光却哗哗地带走了那些深爱。

我并不怀疑爱的力量，但后来很长一段时间，我体验到这样一种感觉："你为什么抛弃我？"然后是一片空寂。

　　如果追根溯源，我对爱情的信念是在那一天崩溃的，就是他离开我的那一天。在那以前，我根本不相信他会真的离开我，尽管我们也吵架、闹别扭，但那些对我来说都只是闹闹，过后他总会回到我身边，但是这一次他竟然真的走了，那么也就是说这个世界什么都可能发生？我的意志对它们不能发生任何作用，它们与我的自以为是毫不相干。他的离开让我仿佛第一次意识到他也有独立的意志去行走，我们之间并不是我想象的那样密不可分。与其说痛苦，倒不如说还有更多的惊讶掺杂其中，我对他需要自由的程度感到惊讶，对他毫不回头决绝离开我的方式感到惊讶。总之，我忽然明白，这个世界不是我从小以为的那个世界。

　　尽管和他在一起的日子里我经常感到孤独，但没有他的世界只会让我更孤独。从前，我也拥有过好时光，可是在人生的某个阶段，我失去了他们，就像在某一刻忽然失去了生命的光彩。曾经存在于我们之间的某种炽热的东西，如今再也找寻不到。那样确切的东西居然会走投无路，

以致不知所终。能不能选择一个起点让一切重新开始呢？午后，我和他在一个寂静的房间里，我在看书，他还在午睡，我们的轮廓在斜阳下那样贴合。光是这样想着，一种惬意的忧郁就传遍了我全身的骨髓，我不禁笑了起来，仿佛时间真的就此重新开始了。

　　然而我知道：不管怎样，已经无可挽回了。像战死沙场的士兵，对死去爱情最好的处置，就是远离他。

2.3 恩和

比羡慕别人更重要的是过好自己的日子

　　一路奔到恩和时已经接近傍晚。这个中国唯一的俄罗斯民族乡位于额尔古纳河以东、大兴安岭以西的中俄边境线上，与俄罗斯仅一水之隔。这里的村民曾经历过一段沧桑的岁月，大部分保留着俄罗斯的文化和生活习惯，选择于此安居乐业。

　　傍晚在恩和，我们像路边那些慕名而来的游客一样走走晃晃。不再有城市的机动车飞驰而过，但一路却要为马牛羊让路，它们悠然自得，好像这里本就属于它们，我们这些外来人才打扰了它们的宁静。我甚至有一种在印度的感觉，牛是印度的神，牛、人、车经常拥堵在一条小路上，只是那时那刻，我一点都不觉得突兀，甚至感觉和谐。马路上弥漫的是牛羊马粪的味道，每当外地游客表现出不习惯的嫌恶表情时，当地的朋友都会开玩笑地说："没关系，这里的牛羊马粪都是纯天然的，很干净。"我被这样新鲜有趣的说法逗笑了，这就是村落里人们的心境，你表现出质疑，他就回答你的疑问；你表现出嫌恶，他便以玩笑终结尴尬，这必须是从小生活在草原上的马背民族才会有的宽阔胸襟。

　　尽管已至傍晚六七点，但恩和日落很晚，此时的太阳仍旧不甘心落下。身边是草场，远处是山，山的顶端笼罩着一片多彩的厚云，太阳不情愿地被这片云遮住，竭力透露着微光。风

　　吹来，吹乱了云的形状，阳光就这样时隐时现。我不知道它在云层后面忍受着怎样的孤寂，但我看到，冲破云层之后，太阳仍旧耀眼。

　　我们晚上入住村里的一间小木屋。这是典型俄式木制房子，用原木交错叠建，原木之间垫有青苔或泥土，层顶是铁皮覆盖的，门窗边框用彩色漆绘。窗台上摆放着鲜花。如果是天热的时候，村里家家院子里都种植花草，展示他们对生活的热情，而门口的小院则用木条做成的栅栏围住，一片田园风格。

　　这不正是我们无数次在欧美电影里看到的度假木屋吗？这就是我们大部分人向往的生活，而此时此刻我竟然正生活在日日向往的生活里。总是羡慕别人的生活，会对自己关照得越来越少，难道我们自己不值得被羡慕吗？开心或者不开心，在这里并没有人真的介意，比羡慕别人更重要的是过好自己的日子。

　　这些天已经习惯了这里的作息，这个号称"中国之北极"的地方，晚上近九点才天黑，早上三点多开始天亮，忽然感觉夜晚竟然那么短暂，终结了部分孤单。起来后，发现住宿的这家村民已经开始准备早餐，当地的奶茶、面包，搭配粥和小菜，虽然简单，但我们赞不绝口。只是我习惯了早餐喝一杯拿铁，眼下却只有黑咖啡没有牛奶。算了吧，怎么可能奢望在这样一个"前不着村后不着店、稍微打雷打闪下雨就断水断电断网的原始村落"制作一杯美味拿铁呢？司机张师傅却淡定地说："现成的牛奶没有，但门口有奶牛！"我一听，顿时来了精神，便去问这户人家的阿姨可不可以挤点牛奶，她爽快地答应了，进屋取一双手套，之后走向门口那头敦厚的奶牛，非常熟练就挤了满满一盆。她说："我先去煮一煮，你们这样的肠胃直接喝要拉肚子的。"不一会儿，她端着热气腾腾的牛奶出来了，新鲜煮好的滚烫牛奶倒进黑咖啡里，再没有什么比这杯拿铁的美味更能体现恩和人民的热情好客了。新鲜牛奶没有平时喝的牛奶甜，所以拿铁味道也是苦苦的，搭配当地的俄式面包，别有风味。

　　吃完早餐，我们整理好行李再次出发。路过室韦，却发现当年原始的俄罗斯民族乡已几乎被完整开发，到处是旅游的人，遍地是旅行纪念品，风景依旧是美的，但因为熙熙攘攘的人群而少了些原初的自然态。张师傅指着对面说："那就是俄罗斯。"我看过去，原来俄罗斯并不遥远，可是又如此难以接近。一个湖泊，一片河流，甚至一个铁丝网，就隔断了两国人民的关系，隔断了你我。

　　因为游人过多，我们决定不做久留，在附近的店铺买了些干粮和水又继续上路了。

2.4 麦田

上帝说"要有光"，那么靠近这束光的人，一定会是不错的人

　　这是我唯一一次没有做任何攻略便出发的行程，还好朋友都是细心的人，包了车、规划好路线，一路不厌其烦地回答我的疑问。在人生的道路上，一个好旅伴往往胜过一个好情人。但人生岂不就是一场旅行，如何才能找到那个陪伴你走人生路的人呢？

　　正想着，眼前忽然出现一大片金黄色的麦田。张师傅把车停在路边，说："这就是拍摄《白鹿原》的那片麦田。"我当然记得《白鹿原》。电影伊始，一波又一波麦浪，金黄色的麦子在轻风的吹动中发出嗖嗖的声音，一群人弯着腰在麦田中收割，这画面让所有看过电影的人难以忘怀。我缓慢走进麦田里，阳光暖烘烘照在身上，脚下是黑的土，眼前是黄的麦，头顶是

蓝天和白云，人在大自然中间，怎样都是渺小。我体验到海子在《麦地》里描述的那种心情：

　　别人看见你，觉得你温暖、美丽，我则站在你痛苦质问的中心，被你灼伤。我站在太阳痛苦的芒上。

有时，美就是这般令人绝望的东西，不仅因为往后的生活中难再有机会看到此番景致，也因为时移世迁，看着同样景色的我们，也怕难再有同样的心境了。

　　阳光从云层后面跳跃出来，照耀我的双眼，我好像在恍惚中看见他的身影。从一个城市流浪到另一个城市，原本想用距离的遥远来拉开那份思念的纠缠，但当我身处千里之外才知道：思念漂洋过海，无处不在。那是一种如影随形的想念，可我同时也明白那份想念已经开始慢慢离开我的身体，因为太累了。其实我们两个人过担惊受怕的日子已经过了很久，这种日子蒙蔽了我们的眼睛，让我们看不到真正重要的东西。这样说听上去可能有点古怪，不过在感情崩溃前我便有所察觉，那已不仅仅是爱，而是一种领悟。我一生都躲在爱情的面纱背后，可他却毫不留情地把面纱揭开。那些我曾经以为无论如何都不会失去的东西不知不觉就失去了，而我想要的东西其实早已经拥有了——它们统统在我的心里。

　　站在那个陡峭的麦田坡上，我静立良久，云在飘，雾在散，人在走，我的心，却像这缓缓流淌的额尔古纳河。不同的是，河水从高处来向低处去，我却不知心会飘向何

方。也许生命真的很沉重，也很脆弱，不是一个乐观的态度和几句自嘲的笑话能交代得过去的，而承认自己要为某一个可悲的错误、某一项毁灭性的灾难负责，这件事始终令人心痛。我唯一可以辩解的是，如果当时我察觉到了感情的分崩离析，一定会不惜代价去阻止——可说白了，雪崩的时候没有一片雪花会觉得那是自己的错。

伫立在那么一大片麦地里面，风吹过掀起的麦浪，让麦芒扎在自己腿上、手上，痒痒的，感觉居然那么不真实。好像白天的烟花。对了，你见过白天放的烟花吗？很美，但是，看不见，或者就因为看不见才很美。我仰着头看啊看啊，觉得白天的烟花就像我的人生一样。

不知就这样在麦田里站了多久，朋友说："走吧。"我慌忙偷偷擦去眼角还未滴下来的泪珠，转身笑着说："好。"这些天，我仍旧尽力保持镇静，尽力不歇斯底里，除了避免让他们担心，也因为我知道我的困境有多么不足挂齿，我只不过正经历一个非常自我的阶段，是任何失去感情的人都会经历的阶段。我相信让自己好受的唯一方法就是心若磐石，面若桃花，让别人看到你的好，却看不到你内心的伤。我无意放大自己的哀伤，所以一再压抑。这压抑破坏了我的习惯用语，抑制了我的声音——那时的我已不再像我。

　　沿着额尔古纳河去月亮泡的路上经过一片"无人区"，几乎只容得下一辆车的泥路，坑坑洼洼，下过雨的地方看不出深浅，只能凭感觉和经验，更主要是靠运气，否则一个轮胎陷下去单凭我们几个人的力量就很难再出来，但张师傅已经习惯这样的路况了，他小心翼翼并放心大胆地开着车，提醒我们这片丛林里有很多松鼠。果然，没走多远就有三两只松鼠在树林里觅食，机警灵敏，悠然自得。忽然，一只马鹿飞快跳过树林，跳跃力惊人，三米高的栏杆一跃而过，再想多看一眼，已经躲进丛林里不见踪迹。其速度之快让我几乎不敢相信自己的眼睛，问过张师傅才确定是一只马鹿。原来，这丛林深处有野兔，有马鹿，甚至还有熊，难怪有些区域被铁丝网围起。

　　一路颠簸，终于穿过树林来到一坡草坪上，刹那间开阔起来，几片水湾形成辽阔的湿地。这里就是月亮泡，听说这个山坳把额尔古纳河截成数个水泡，最大的一个随着山形而弯曲为月牙的形状，故名月亮泡。但只是听说而已，因为我们抵达后才发现雨季水量的充沛让月亮泡已经泛滥成白鹭岛，月牙湾已接近满月，反倒成就了另一番美景。河对岸是另一个俄罗斯的

村落。天空中飘来一整片云，阳光从云洞中透出光来，正好洒在对岸的村落里，宛若仙境。我抬头目不转睛看着那束光，觉得这就是上帝说的那个"要有光"，靠近这束光的人，一定会是不错的人。如此说来，一切都是冥冥之中的旨意吧。并不因为我们普通或者从善如流，就真的可以远离灾祸。那束光让我心怀慰藉地决定顺其自然了。难道不是吗？以前的一切都是为别人做的，现在只剩下我一个人，便可以轻而易举地放弃、屈服，我有更多的时间可以花在自己的事上，接下来的生活不就是这么简单而已吗？

2.5 临江
疯狂的片刻，稳稳的幸福

　　离开内蒙古很久以后回想起这段旅程，最愿意久留的就是原始小村落临江屯。这是一个只有八十户人家的小村落，其中三分之二以上具有俄罗斯血统。居住在这里的村民热情好客，安分守己，世世代代守护着原生态的生活习俗。从月亮泡下山没多久就能抵达临江。其实这些天开车奔驰在草原上，对时间的概念已经不若从前那样强烈，也许已经开了两三个小时，却因为一路上广阔的蓝天、草原而自娱自乐其中，不觉枯燥，时间总是容易流逝。终于能够避开尘世的纷扰，享受安宁和美景，自然是无论如何都欣赏不够的。

　　刚刚提下行李安排好住宿，东方忽然吹来一阵妖风，紧接着是大片大片的乌云，像是要吞没这个不大的村落。我和朋友正在村民的院子外看远处的牛羊，一转眼，如豆粒般大的雨水便哗哗落下，竟然挡住了我们回去的路。

　　"有多久没在雨中跑步了？"我问她。

　　"很久。"

　　"那……跑回去吧！"

　　我们默契地一笑，一双手互相牵着，另一双手象征性地挡在头顶，大叫着"啊"往回跑去。平日里端庄优雅的姑娘忽然在暴雨中变成疯狂的丫头，肆意而自在。那声"啊"被铺天盖地的雨水声淹没，路边躲雨的行人看着我们笨拙有趣的样子哈哈大笑，好一个欢快的场面。

　　待到跑回屋檐下，衣服已经湿了一半，我们笑着拍打浮在身上的雨水，好像回到小时候的天真无邪。方才的暴雨已经转成温和的小雨，盖在头顶的乌云随风快速向南飘去。短短两分钟的时间，天色已经渐渐从暗转明。即便在盛夏，我们也很久没有迎接过这样洒脱的暴雨，视野的辽阔更放大了这突如其来的震撼。再抬头时，骇然发现天空被一道光劈成两半，一半是金粉，另一半是灰蓝，异常瑰丽。一条清晰的光弧从天中划过，自西延伸到东，漫长至极。我看得呆住了，循着光迹望过去，原来是太阳落山，遗漏出来的金光被云截住一半，不一会儿便染红了整片天空，就连白云都被浸染成温暖的红紫色。我正为这壮美的火烧云感叹，天边竟然出现一道彩虹，细长而宽阔，像一架天桥，一端通向我，另一端却不知通向何方，即便在这没有多余遮挡物的旷野也显得大气。

　　再宏大壮美的景象都见过了，只是从来都是一个人。在挣扎着寻找温暖的过程中，我忽然意识到有些东西是无可避免的。有我没我，暮色都不会改变，暴雨也不会停息，脚下这片土地依然会延伸开去。生命依然会结束，也会有新的开始。我逃离也好，颤抖也好，回家也好，

流浪也好，根本不会造成任何改变。可就像那暴雨过后才出现的彩虹，难道它的出现没有意义吗？一天之中，各个时辰有各个时辰的风景；一生之中，各个阶段有各个阶段的美好。我身在这间看得见风景的房间，坐在窗前看到如此神奇的火烧云，体会到一份前所未有的安静。想一想，尽管经历了那些悲伤，尽管如这场火烧云般终将跌入黑暗，可我仍旧曾经拥有过极致的美好不是吗？如今，我对这世人没有恨意，我对这世界也没有埋怨。我只能努力让自己变得更好，愿得一人心，白首不相离。

很多时候都觉得，我们走过那么多地方，记录的不仅是路上的风景，而是某一时刻重要的心情。不得不承认，生活的大部分时间是寡淡无味的，然而却也会有某些时刻能够改变你的一生，这些名叫"转折点"的时刻才是我们应该珍视的。也许我是个幸运的人，正经历这样的风景；也许我同样是个不幸的人，曾遭遇一些难堪。不管怎样，我们必须相信并且继续去争取安安稳稳、踏踏实实的幸福。那种幸福不会转瞬即逝，而由一种简单却持久的状态组成。这状态本身也许不会给人带来强烈的快感，然而随着时光流转，它的魅力会与日俱增，直至为我们带来一种极致的幸福感，我称它为"细水流长"。

那晚我再一次辗转反侧，许是这壮美的日落景观仍在我眼前和心里没有散去。失眠时情绪难免反复，想起他离开我的背影比当初真真切切站在他身后还要痛苦。我知道这种事都是这样的，一定会需要时间不断挣扎，也会被现实一次次打到，直到尘埃落定，终于接受分开的事实。

似乎进入梦乡，却断断续续被自己的哭啼声惹醒。

梦里我拉着他问："如果你已经离开了，而我还沉醉在酣梦之中原地不动，这是否公平呢？"

"公平！"他冷笑一声，再无回应。

是啊，这与公平有什么关系？爱情是每个灵魂自己的事情。可是你的灵魂呢？你怎么可以爱上一个人却并没有用尽自己的灵魂？

空旷的梦境里忽然传来《广岛之恋》的哼唱："享受幸福的错觉，误解了快乐的意义，是谁太勇敢说喜欢离别。"我在心里对他大声狂喊："我会把你忘掉的！我已经在忘掉你了！你看，我是怎样在忘掉你！看着我啊！看着我啊！看着我啊！"

不管昨晚经历了怎样的泣不成声，早晨醒来时，这个小村落依然那么安静。没有车水马龙的声音，也没有城市的作业声，一切都只是大自然在与我对话。看看时间，才五点一刻。我本可以继续睡下去，平日养成的生物钟却已经让睡意散去。"也许这辈子都要做早睡早起的'晨型人'了。"我在心里想。

打开窗户，天气不错，隐约看见对面的山上已经有人在骑马，远远望去，只觉一人一马十分气派。我曾去过专业的马场，跟教练学过一些马的养护和骑马的皮毛，不敢策马奔腾，但骑马遛弯不在话下。既然无法再睡，那不如去骑马吧。

　　昨天傍晚的暴雨让村里的泥路坑坑洼洼，我在住宿隔壁的一家村民家里选了一匹马。马的主人介绍说，这匹马叫马大个，因为刚刚十岁的马大个相对同龄来说，确实又高又大。我虽然觉得这个名字不如霹雳、闪电、旋风霸气，但看看马大个忠厚的眼神，顿时心生爱怜，竟也十分喜爱。牵马的主人看我一副柔弱的样子，在旁边再三叮嘱我注意事项，然后又怕说太多惹我害怕就开始安慰我说"马儿很听话，你不用担心"，多么质朴可爱的村民。我对他说一句"没关系"，紧接着熟练地骑上马背，留下他愣在原地，好一会儿才说："小姑娘，没看出来胆儿挺大。"我对他调皮地一笑，马大个已经起步前进了。

　　果然是一匹温顺的马，我甚至能感受到它的体温，清冷清冷的空气中，抱着它就能感觉温暖。从山下到山顶，那么陡的山坡，那么泥泞的道路，他背着我一步一步就这样走上来了，累得呼呼喘着粗气。如此真切的呼呼声，让我想起曾看过的电影《战马》，彼时虽被"人马情缘"感动，但远不及马大个气喘吁吁的沉重呼吸声来得真实，如果再看一遍，定会感触更深。是啊，我们走过的路、经历过的人和事，也许当时看来不过是一段经历，但总有一天会对我们有益，会助我们成长，在这些经历还未作为成长教育展现之前，你所要做的就是铭记和等待。

　　终于爬到山顶，我跳下马背，马大个在一旁乖巧老实地吃草。站在山坡头环顾四周，清晨的临江村落美得不像话，山下是一片木质房屋的居民，周围被矮山环绕，像一处小小的盆地镶嵌在绿色的草原地毯中。山坡间隐隐约约飘浮着晨雾，层层叠叠笼罩在村落之间，宛若仙境。多么适合隐居的世外桃源，这才是真正的清晨，凉爽舒适，但又充满感情。难道我们不该多花点时间在这样的大自然中学习隐忍吗？看着草地由黄变绿，看着麦田慢慢成熟，看着马儿喝水啃草，我们难道不应该在最原始的发展中逐渐培养已经消失的耐性吗？难道一定要志存高远，一定要死气沉沉，一定要在城市中杀出一条血路以证明自己存在过？人，终归应当生活简朴一些，在自己的一生中量力而行，切勿追求太高的目标，要使自己能适应各种环境的生活，尤其是简单甚至无聊的生活。

　　温顺谦恭、心灵纯洁才是大的智慧和哲学。

　　适应长途旅行需要一个过程，不是每时每刻的"在路上"都能带来惊喜和惬意，但我深知，每一次远行都会对我们产生特殊的意义，或是现在或是将来，这意义总会呈现。如果你能看透并接受那些平淡的时刻，很多时候就比较容易做出选择了。

　　记不清已经是旅行的第几天，反正就一个地方一个地方走，不停奔波。英国诗人库柏说过："上帝创造了乡村，人类创造了城市。"在乡村中，时间保持着上帝创造时的形态，它是岁月和光阴，只有在城市里，时间才被抽象成了日历和数字，让我们数着日子一天一天地过。

　　张师傅带着我们狂奔在草原上，完全把信任交给他人，竟是那么轻松惬意的一件事。一路感受陡峭的上坡后就来到黑山头。刚推开车门，就被猛烈的大风吹乱了头发。这里的风声那

么大，我和朋友的对话也要故意提高音量才不至于消失在风中。黑山头只是内蒙古草原上众多山堆中的一个，但因为附近的口岸和成吉思汗而小有名气。从山头望过去，除了远处的几个蒙古包和一片似有似无的村落，几乎看不到游人。我的长发在狂风中被吹成一窝稻草，朋友的精致短发也早已没了形状，拖地长裙在大风的吹拂下摇摇欲坠，我下意识地裹紧外套，守住一丝温暖。再也不是微风拂面式的轻柔，风吹在脸上、眼角、耳畔，到处是凛冽的痕迹，然而这样的狂风却并不令人厌烦，它只是来得猛烈一些、果断一些，从本质上看，不正是这样的猛烈和果断才吹散了纠缠在我们身上已久的忧愁吗？

　　旅行的好处就在于此，某个未曾料想的瞬间便不再对以前心有余悸的事情心存芥蒂，比如怕谎言、怕受伤、怕见陌生人。可有些时候不管怎么成长，面对"为什么你跟除我之外的人恋爱、结婚"这件事情，怎么也过不了自己那一关，几乎绞尽脑汁去想"为什么不是我"。然而，太执着，是错的。对恋人、对病人、对老人、对即将逝去的人，即使感情上确实不舍得，每个人仍需要在心中慢慢将他与自己关联的那部分割下、埋葬，直到彻底地忘记。这是残酷的现实，让人产生负罪感，却又从他们离去的那一刻起变得心安理得。哪有什么放不下、过不去，是你不愿一个人独自前行却又眷恋曾经。再没有什么比昆德拉在《不能承受的生命之轻》里的描写更有力。托马斯的生命里，爱情本是偶然，在爱情的国度内，尚有太多还未来得及实现的爱情，可人竟然看不见这些偶然，因此剥夺了生命之美的维度。偶然之外的那些事，有可能真的做不到，只好把做不到的都统统推给缘分和命运吧，就算我们不相信爱情，也得向命运俯首。也正是在命运与漫漫时间面前，我们宽容了自己，原谅了爱情，领悟到爱情的真相就是所有的爱都是真相。所有的错失与厮守，相濡以沫与来不及说出的誓言，原来都是一样的深刻、一样的完美、一样的天长地久。

木心先生说："爱，原来是一场自我教育，'原来'两字，请不要忽略。有人爱，有人被爱，很幸福，也很麻烦。"

是啊，凡永恒伟大的爱，都要绝望一次，消失一次，一度死，才会重获爱，重新知道生命的价值。

我在旅途中长大了，你呢？

起风了，你听见了吗？

就要去满洲里了，听上去多么遥远的地方。可即便那么遥远，只要不停走下去，仍然会抵达。张师傅说，接下来又是七八个小时的草原狂奔，但我们一点都不介意旅途的疲劳，更看不厌公路两边的碧草蓝天。为什么会厌倦呢？如何对真正喜欢的人或事物产生审美疲劳？"爱"这件事，难道不应该长长久久吗？

一路向北狂奔，窗外的蓝天清澈透明，仿佛一碰即碎，几缕白云缠绕其间，金色的阳光暖暖地洒向地面；沐浴其中的草儿随微风摇晃，大片牛羊散落其间。

没有尽头，就没有忧愁——这就是在路上的感觉。

车里播放着 Backstreet Boys 的歌，很久没听过他们唱歌了，熟悉的旋律为这场旅行增加一些美国乡村公路的意境。朋友懒懒地靠在我身上，说："真好！"是啊，如此行驶在草原上，抛却一切压力和烦恼，这该是多好的时光。

音乐，开心时入耳，伤心时入心。如果感情就像是从伤口里取出一半的弹片，那么我的伤口正在慢慢愈合。我仍旧认为只有最爱的人才可能是给我们痛苦最多的人。这是一种张弛有度的技巧，因为太多的甜蜜让人厌倦，太多的痛苦又令人绝望，能使我们保持在这个欲罢不能的痛点上的人，才会爱得最深最久。当然，我对他也有伤害，可是我对他的伤害是无形的，而他对我的伤害是实实在在的。我们在后来的相互伤害中达到的理解，比我们相亲相爱时要多得多。

朋友问："那么，你从这段失败的感情里总结出什么教训呢？"

"失败？"我愕然。是啊，这段感情没有走到最后，但它是"失败"的吗？经历过这些，我确实想了很多、明白很多，也懂得很多，但这些一定能保证我的下一段恋情就是圆满的吗？

这些能帮我找到"真爱"吗？因为他，我又成长一些，然而实际上，我并不看重这些所谓"成长"。就像我说，过于追寻旅行的意义是一种肤浅的功利主义心态，那么过于探寻爱情的得失亦如此。我真正在乎的，是那些"回忆"，有悲有喜，有苦有乐，都是命定，我欣然接受。

"如果我能像你那么勇敢就好了。"我对她说。

"我一点都不勇敢，真的。谁都可以做我做的选择，我比你不堪的日子更多，但人一定要学会放手，有时候，你必须放手才能明白是否它真的值得拥有。刚开始我也不懂这一点，但现在我知道了。要放开你以为自己离不开的东西，像钱啊、手机啊、华丽衣裳啊之类，当然，还有变质的感情。"

我不知该说什么，默默点头。她也不再劝说，像自言自语般留下一句："世界不可能那么简单就翻个底朝天的，翻个底朝天的是人自己。"

还好有她在身边。我们爱的人或许不同，我们经历的感受却极其类似，但我们也往往就这样被感觉欺骗了，用我们自己愿意相信的方式。他们说，青春是在错误的时间遇见了对的人。其实在我们身上哪里有错误的时间一说，每时每刻都有它存在的必然与合理。失去爱的人就好像溺水，救命的从来不是稻草，是坚定，除了调整好呼吸拼命往上划，你所要做的就是坚持下去。

一路都没怎么说话的司机张师傅听到我们的聊天，忽然打破沉默，说："别想了，与其在这装哲学家思考爱与离别，倒不如踏踏实实再爱一回。人生何处无风景？乐活，并且活在当下。"我们都惊讶于平时沉默不语的他竟说出

这么有水准的话，并且被他身上一种刻意逗我开心的语气惹笑了，气氛再次轻松起来。

　　都过去了，纯真时代过去了，包括那些不纯真的时代。那一刻，我只想单纯地享受旅程，不再忧愁过去和将来的事情。

> 　　人从悲哀中落落大方走出来，就是艺术家。我仍旧相信有那么一个人，在未来等我。无论多久，我们会相遇。

嗨，我在这里，你在哪呢？

　　傍晚时分终于从黑山头开到满洲里，从草原再次回到城市，突然置身于熟悉的情境中，精神反而有点恍惚。趁天黑之前，我们赶到北国第一门和套娃广场，象征性地参观这些"著名景点"——过多的游人实在难以抑制我着急撤退的心情，还不如随意去街边逛逛，看看这些别具一格的俄式风情组成了怎样独特的城市面貌。

　　因为边境贸易，满洲里已经发展成为繁华的小城，市中心都是典型的俄式建筑，高挑美丽的俄罗斯人频繁出没于这个城市的街角，几条主干道像棋盘一样横七竖八延展出来。黄色的路灯明亮整齐，让我不禁有点想念上海、想念外滩，想念几米

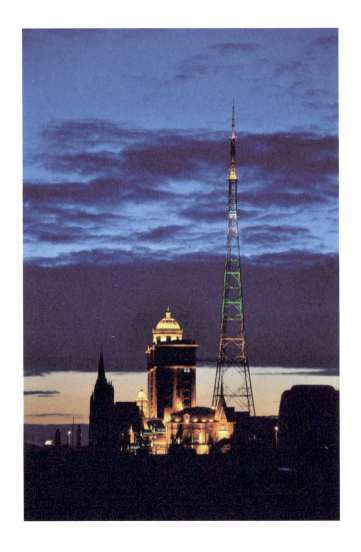

的一首小诗："我一定不是这城市里唯一的怪人，一定有一个
人和我一样，空虚时对着夜空唱歌到天明，也许我永远也遇不
到他。但我熟悉他的心情。"

不过到了满洲里才知道，百年不遇的北方洪水竟然被我们
碰上了。虽然途中也遭遇海拉尔的道路被淹，草原变成一片汪
洋大海，我们的车好几次差点在洪水中熄火，还好每次都有惊

无险从水面开过去，但万万没想到严重到满洲里自来水厂被困、全城停水的程度。幸运的是，就在几乎没辙的情况下，张师傅靠他宽广的人脉竟然为我们留下足够的水用来洗漱。虽然只够最起码的洗漱，但这也足以让我们感到意外和欣喜。旅行就是这样，再简单简陋的环境都要能够适应，如果你能在最困苦的环境中生存下来，还会害怕那日复一日的平淡生活吗？不是因为困难重重才心生畏惧，而是因为我们心生畏惧，让事情变得困难重重。

就这样伴着满足一夜安眠，第二天清晨，张师傅说早餐带我们这些"小巧玲珑"的南方人去吃北方大包子。尽管并不完全赞同我是 "南方人"这个说法，但眼看着他用双手比画一个比碗口还要大的包子形状，顿时觉得新鲜，况且习惯了早餐面包和咖啡的搭配后，对包子配草原奶茶的组合不禁充满期待。只是未曾料想，张师傅的比画一点都不夸张，这包子真的比一般的碗口还要大，我单手根本拿不住，索性双手捧着吃，包子里的肉馅不像南方是碎肉，而是一整块的大肉。我一边吃一边想起沪上晶莹剔透的小笼包，十几个一笼，还不一定吃得饱。果然，南北方的差异从早餐就开始了。看着这满屋热气腾腾的大包子、滚烫滚烫的奶茶以及每一个吃客脸上流露出的心满意足，别提多欢乐了。

吃完早餐就向阿尔山出发，东北的汛情仍旧惊险，新闻也不断在播出我们路过的惊险画面，低凹的草原已成海洋，牛羊也不见踪迹。明明特意来看草原，迎接我们的竟然是一片"汪洋大海"。世事就是如此，你心心念想的东西都不会以你计划的方式到来，反而在无意中、意料外，他们到来了。正是那一遍又一遍期待的落空让我们学会知足和珍惜。人生就是这样充满了大起大落，你永远不会知道下一刻会发生什么，也不会明白命运为何这样待你。只有在经历种种变故之后，才能褪尽最初的浮华，以一种谦卑的姿态看待这个世界。

2.9 阿尔山

把忧伤化到远方的风里

阿尔山，不是山，或者说不仅是山，蒙古语的意思为
"热的圣水"，是一座活的火山群，因此能看到明显的火
山地貌。这是一片神奇的地方，草原和林海相接，雪山与
温泉共存。抬眼看，仍旧是蓝天白云，可吹拂面颊的风又
与草原有所不同，干净舒适，充满灵气。从一望无垠的大
草原到广袤无边的大森林，路上只见花红树绿、天蓝水清，
我们不禁兴奋地打开窗深呼吸，用清新的空气洗洗满是灰
尘的脾肺。

听着我们激动的赞美声，张师傅得意地说："虽然八
月份是草原的好季节，但是于阿尔山而言，每年的五月才
如临仙境呢。那时候大兴安岭的草刚发芽叶刚绿，冰雪却
还未融化，这漫山遍野的杜鹃花一开，红红的花蕾与冰雪
争辉，皑皑的白雪压在枝干上，白雪与鲜花争奇，鲜花与
白雪斗艳。啧啧啧，美极了。"张师傅说得眉飞色舞，把
我们的兴致全勾起来了。由于身处夏季，我很难想象眼前
碧草幽幽的山头在漫天飞舞的雪花里是怎样一番美丽，张
师傅接着说："不相信吧，这深山里下雪的时候冷着呢，
而且雪期很长，从九月下旬持续到次年五月上旬，长达七
个多月。"果然，从内蒙古回来没多久，大概九月下旬的

时候，张师傅用微信发来照片，说："你看，内蒙古下雪了。"那时候的上海正经历最后一场秋老虎，白天的炎热丝毫没有退去的意思，可张师傅发来的照片上却早已白雪皑皑。无须仔细辨认就知道照片上是我们去月亮泡的小路，路两边的树杈挂满白雪，看上去很冷，但冷得刺激。

傍晚前，我们赶到了阿尔山的住宿地，因为老板是张师傅的朋友，所以很早就等在家门口迎接我们，见了面熟悉地打招呼、开玩笑、帮我提行李，一点没有初次见面的陌生感，老板操着一口浓重的东北口音说："客气啥玩意儿，出门就是朋友。"

放下行李，太阳已近落山，白天略带炎热的舒适感仿佛一瞬间让位于寒冷，我裹紧衣服准备趁天黑之前走出去逛逛。环顾四周，这应该是一个小山头，附近有几家客栈和商店，偶尔路过三五个穿着冲锋衣拿着高端相机拍照的摄影爱好者。不远处是一家独立的小木屋，从烟囱里冒出的烟气证明这家人正在做晚饭，木屋门口是两头老黄牛。除此之外几乎没有旁人，更无须说熙熙攘攘的旅行团。彻底远离了城市，只觉浑身轻松。我随便逛了两圈，拿出手机想给妈妈打个电话报平安。这些年，但凡在旅途遇见美好至极的风景或安宁，我总是第一时间想到与她分享，而她会在耐心听完后淡淡说一句："出门注意安全。"仅仅这一句，就会给足我前行的动力。我知道她担心，也知道她或许不懂为何我总是冒出特立独行的想法、做出匪夷所思的选择，但不懂我不等于不爱我，外面的花花世界，我们的父母一概不懂，但没有人比他们对我更好。

只是拿出手机才发现，不知从哪个方位开始早已没有信号。平日里，手机渐渐入侵我们的生活，霸占我们读书、聚会、交流的时间，此刻信号全无，使其彻底成为摆设。也罢，下了山再报平安吧。

吃完老板亲自下厨做的东北炖，感觉暖和多了。夜晚的深山里确实很冷，洗完澡，跟老板又多要了一床被子加盖在身上，看到床头有电热毯，也一并打开。拉开一角窗帘看出去，外面只剩漆黑，连虫儿鸟叫的声音都没有。我尽量让身体放松，心平气和地躺下，黑暗、微光、温暖的气息，但这些感觉都不持久。是啊，又有什么感觉能够持久呢？

第二天醒来时，天已敞亮，不用看时间也知道最多五六点。我悄悄走出去，不敢打扰大自然的宁静。此刻东方的天空是层层叠叠的云，太阳躲在云层后面露出微弱温暖的光。我朝着亮光的地方走过去，转个弯，眼前便是浩瀚的大兴安岭林海，莽莽苍苍，山峦竞秀。山间似乎还有云雾笼罩，朦朦胧胧看不清，只觉得那是仙境。后来那一整天，我们都穿梭在阿尔山内，去看了如碧玉般的天池镶嵌在雄伟瑰丽、林木苍翠的高山之巅，又见夏末秋初的杜鹃湖水清如镜，浮萍田田，迎风摇曳，美似江南。仿佛仅仅一个阿尔山却包含了世间所有的美景，蓝天白云之下景色万千。我忘了回忆，忘了还未痊愈的伤痛，甚至忘了旅行即将结束。我只是沉浸在这场最后的欢愉里，与大自然做伴，同大自然共舞。

许是旅途的劳累加上不固定的三餐，让朋友在阿尔山犯了肠胃炎，她一向肠胃不好，如果在家打一剂常用的针就能慢慢恢复。可这深山里，莫说打针，连买药都有困难，只能吃些热粥热面之类的食疗。我看着她身边那个一路上话不多、只是默默为她拍照的男人眼神里流露的疼爱和紧张以及这些天的悉心照料，觉得这应该就是她的 Mr. Right 吧。结婚前，一定要和你的他做一次长途旅行。因为在旅途中，你们会遇到各种的不可预测，可能会迷路、会生病、会意见不合、会心生疲倦。如果此时，他仍然能够忍让你，你仍然愿意照顾他，在遇到问题的时候能够相互扶持走下去，那么，你们的脾性至少是合适的。其实，只要心里还有彼此，有什么不能忍让呢？

终于回到家，回到原来的生活。毋庸置疑，这是一次可以缓解个人悲痛的旅行。有人问我：
"内蒙古归来，心中是草原还是蓝天啊？"我想了想，诚实地回答："草原、蓝天各一半。"他说：
"这样的构图不怎么样嘛。"我说："可是我心广阔，放得下。"是啊，如果我心足够广阔，便放得下一段遗憾、一场心酸。尽管有时感觉这遗憾包围着我，有时亦感觉这心酸将我吞没，但旅程结束的时候，就是该放下的时候吧。如果旅行真的能让人更好地回来生活，那么我放下，就是为了更好地向前走。我的那些人生际遇，一如草原上的阵雨，乌云、洪水、妖风、放晴——最后总能等来晴天。既然如此，就让过去的都过去，那些人、那些事、那份情，都放下。很多成长的时刻就这样静悄悄降临了，回头看才惊觉那么难熬的时光也就这样熬过来了。

　　整理相机里上千张照片时我感到异常心安。如果说一个人的照片正反映着他的内心，那么，我希望此刻你们看到的我，是安心和平静。以前我总想，世界那么大，如何才能走遍一圈，但现在我认为，世界真的好大，也许不用处处留情。当你喜欢上一个地方，便可以把那里当作故乡，用余生，一而再再而三地爱上，就好像你喜欢上一个人，便把他当作唯一，用一辈子时间细心呵护。

　　似乎每次出门前的笑靥在归程时都能够变成熟一些，虽然仍旧稚气未脱，不过那稚气不是不知深浅的鲁莽率意，反倒是经由旅行而得以淬炼出来的轻快执着。林子说："旅行是一场追逐上帝的远航，挥霍掉青春，然后去做铁石心肠的船长。"但这次，归程后的释怀取代了出发前的绝望，比单纯稳健的成熟更令我欣慰。法国人认为，所有最精彩的旅行都不发生在外，而是在每个人的灵魂之中，发掘内在的自己，往往更胜于到外面走一万里。直到从内蒙古归来，我方才明白：爱情很窄，世界很大。也许伴随这场内蒙古之旅的，并不是最美丽的心情，但回首看，一路仍旧是美丽的风景。

　　我忽然有了全新的信心，任凭自己发生新的故事，好像那些机会一直排着整齐的队伍，在街道拐角处等着我。

　　带着忧伤，行到远方，把忧伤化到远方的风里。

　　爱和回忆，都是渺小，我所需要的只是宁静。

（2013.8）

三·恋上厦门，让时间慢下来吧

　　二〇一一年，我二十五岁，感觉生命的一切都处于最丰盛的阶段，再不行动必将辜负这最好的时光。于是收拾行李，买好火车票，一路南下，奔往厦门。是的，二十五岁那年，我还在读研，没有固定的经济来源，自然不可能像如今这般超过五小时以上的行程就选择坐飞机。于是，那次旅程成为我人生第一次切身感受长达二十八个小时的中国式卧铺，伴随着疲倦与无奈的同时，竟然也有惊喜和欣慰。窗外的风景由一望无际的单调田野变成了水塘与木船相映的丰富景致，玉米地变成大片稻田，老黄牛变成黑色水牛。一路从北到南，空气越来越潮，天气越来越热，让从小生长在北方的我感到新鲜有趣。也许都市人说的"让时间慢下来"，就是这番景象吧。

3.1 海的记忆

棉花糖之味

　　为什么要去厦门？因为想看看厦门的海。很多年前，我第一次喜欢一个男生，他说他喜欢大海，而且喜欢南方的海。我问，大海都是一样的，为什么你偏偏喜欢南方的海？他说，每个地方的海都有自己的性格，生活在那片海边的人便和这海分享共同的性格。他还说，南方的海更加"软"，像棉花糖，甜甜的。我问，难道大海不应该是苦的吗？他说，不，南方的海能够给人甜甜的感觉。

　　从那以后，我便对大海有着炙热的情怀。家乡没有海，但我也曾有过拥抱大海般支离破碎的儿时记忆。将它们拼凑起来，就大概有了一个关于海的印象：蔚蓝色的，辽阔无垠，咸咸的。朦胧的记忆中，我在海边捉过小螃蟹，被海浪卷翻至头顶，牵着爸爸的大手跟他学游泳……可我又说不清楚，这些记忆究竟真的发生过，抑或只是我的梦境。人们说，有海的地方就是不一样，心一下就宽了。在厦门环岛路的木栈道散步时，我确实感受到了海的气息，那种彻底放松的心境是必须面朝大海时才会产生的情怀。原来，南方的海真的更加柔软，一如年少时站在阳光下的他，温暖又窝心。

　　厦门的海与众不同，辽阔的海域与山岭遍布的陆地让这里仿佛一部打开的"山海经"，而众多的海岛，则因其独特的地理位置，成为山与海交融的最前沿。火山与大海的纠缠，海蚀的巧夺天工，造就了奇妙无比的海岛。这里随处可见海洋文明的烙印，连繁星般散落的无人岛，也有动人的秘密。

　　厦门并不是福建的省会，但福建人却因为厦门而骄傲。说起福建，脑海中总是会浮现淳朴的渔民生活。其实我更喜欢称这片区域为闽，虽然准确地说，闽覆盖了现代行政区域的福建、台湾，还包括了浙江南部的一些地区。但闽这个字，却似乎涵盖了让人动容的海洋精神。闽，代表一种独特的风情，让我们在面朝大海时能体验到波澜壮阔的心境。的确，闽南的海洋文化与我国其他地域的农耕文化有巨大的差异，莫如说是一种独特的海洋精神。如此漫长的海岸线，

沿海生活的人们都创造了怎样的文明形态呢？

　　有人说，福建人是中国最善于航海的一群人，也是中国最善于经商的一群人，这群人不是由于基因凝聚而成，他们中有生长于此的土著，有因战乱从中原逃于此的移民，还有因通商从海上来的外藩。就这样，千百年来，已经融合成一个靠海吃海、依海洋而生的族群，但说他们是个族群又有些勉强，因为联结他们的不是亲缘和社会关系，而是谋生的手段和价值取向。他们的存在也不过千年，甚至他们的存在本身也四分五裂，但正是这群闽南人，他们有经商的才能，有拼死一搏的冒险精神，他们生性不安分，爱往海外跑。从山东到浙江到广东，福建人的海洋性格最具海洋文明的开放与冒险，亦是最不安分。

　　的确，和浙江人相比，福建人更胆大妄为，出洋的人似乎有一种不顾生死的赌性，随便弄一条木船就敢去远洋，这其中的危险和艰难，陆地上的我们是感觉不到的。渔民们都知道大海危险，暴风可怕，但他们从来不会把这些危险看作是待在岸边不出海的理由。他们将这种懦夫的人生哲学留给那些喜欢它的人。让暴风雨来吧，让黑夜降临。哪一个更糟糕？是危险本

身还是惧怕危险？这种出海应该是一种文化自觉的选择。他们
身上那种对现状不满的不安分已然是一种令他们自身感到骄傲
的文化，就像当年乘着五月花号离开英国的美国先民们一样，
他们总相信人类有更好的生存可能。是什么？他们也不确定，
但是他们愿意用自己的未来甚至生命搏一把。这就是闽南人的
海洋气质：开拓、勇敢、坚韧。

　　于是，我的旅途就从这最原始的海洋感动开始，一点点走
向厦门的最深处。

3.2 日月星辰

有些美景，不是一个人可以欣赏和承受的

去过厦门的人，无不被这个海滨城市的美丽所倾倒，但很少有人知道她也有过一段上百年的没落。那是历经了二百年的繁盛之后的落寞，是像福州一样的没落。还好，厦门挺了过来，如今的厦门港，深深的海峡、云集的船只，即便入夜，也在轻轻吹拂的海风中展现她的轻柔和妩媚。

我在阳光下的白沙滩堆沙堡，或抓一把沙看着它从手中滑落。不远处就是我心心向往的厦门大学，附近有很多学生模样的情侣手牵手在海边散步或拍照。是啊，趁相爱，多留一些回忆吧。因为将来这一切或许会被爱情的疼痛代替。年轻时，忙着爱，总觉得是疼的，其实那疼里，毕竟还有喜欢。然后日积月累，也许不爱了，这不爱会让你感觉比爱着还疼，于是

便用极限的方法折磨自己，以展示失恋的伤口，以说明自己的疼。要到很多年以后你才会知道，当时的疼，终究是表象的，有作秀的成分。真正的疼，是属于自己的，是寂寞无声时忽然想起他给过的一切：一块精致的手表，他说过要分分秒秒记得你；一双不错的跑鞋，他说过要锻炼身体；一瓶法国的香水，他说，到了法国第一个念头就是想给你买香水；一张他送的戏票，他记得你是爱听戏的……这些琐碎的记忆可以把人打到湖底里，你溺水了，呼吸不过来，觉得压抑，觉得心疼。这疼，才是真实的疼，才能让你成长。

　　一群年轻人欢快的呼喊声打断了我的思考，他们在沙滩上疯狂奔跑，伴着海风，裙角飞扬。很多年后，他们会不会回想起这样的雨后，这样无忧无虑的奔跑？又是否会知晓这便是人生最好的时光呢？

　　黄昏渐进，零星几个人静静地在沙滩看日落。雨后的黄昏更加透彻干净，一边是安静暖黄，即将入夜；另一边是月牙半弯，明亮高悬，我忽然爱上赤脚踩在松软沙滩上的触感。如果还有什么要追寻的，在那一刻应该都有了归属吧。

　　沿着环岛路的木栈道回曾厝垵。那一晚，我在民宿的天台上看星星。天还没有黑彻底，有点宝石的蓝，有点微弱的光。傍晚刚刚落过一场大雨，空气中还有雨水的味道。雨过天晴的夜晚，总是清爽而舒适。后来大半个晚上，我都躺在摇椅上，看天上的星星时隐时现、时淡时浓,直到深夜。我不断怀念起小时候跟外婆睡在院子里,一起数星星的美好时光。无限的黑、无限的墨色里,是无数颗残星在里面,枝枝蔓蔓,那些星,是绝望的,是凉的,是挣扎的,亦是努力的。我忽然感觉到疼,为那些星星,心里发着疼。它们已经死去了吗?它们也有过浓烈的光芒吗?有过闪耀的记忆吗?有过短暂如花一样的明亮吗?可是现在,它们好像老了、凋了,聚在一起,各有各的感伤。像是我们经历的那些酸痛过往,离开也便死去了。

有些美景,也许不是一个人就可以欣赏和承受的。这么多年,习惯一个人旅行,习惯不带三脚架。这一次,唯一的一次,我那么后悔,后悔没有朋友和家人来分享那一刻的感动,后悔无法记录那一瞬的神奇。我甚至没有意识到,天空中最亮的那颗星已让我满眼泪水。

那晚我睡得很沉很香,还做了一个梦:我梦见了海市蜃楼,天很蓝,云很白,大气折射出一座城堡,出现在海的那边。我依旧坐在这露天阳台,可以很清楚地看到远处的美丽景象。该是怎样的内心安稳才能获得如此的沉睡?缺乏安全感如我,这样的踏实以前从没有过,以后怕也不会再有。但,能在某年某月的某一天,在异乡感受到这样的情怀,这趟旅程终归是值得了。

3.3 鼓浪屿

昔日的建筑，老旧的情怀

在码头坐船，很快就来到鼓浪屿。有人说，鼓浪屿的灵魂在于它的建筑，那些在阳光下斑驳的瓦砾，那些明显上了年纪的屋檐，都仿佛在诉说曾发生在这个小岛上的故事。建筑是最能代表一个时代的符号。在新兴的城市和城市之间，在新型的建筑和建筑之间，有一些是现代的记号，另一些则是过去的记号，这些建筑的价值便在于历史。毫无疑问，所有的古物都是美的，只因为它们逃过时间之劫，因此成为前世的记号。没有什么比怀旧的古建筑更加吸引破碎的心灵和残缺的魂魄，没有什么比鼓浪屿更能席卷那干涸的渴望。

去过鼓浪屿的人都有一个切身的感受，那就是"在鼓浪屿，请尽情迷失"。每一条小路都充满不期而遇的惊喜，每一个窄巷子都藏着一只慵懒晒太阳的猫咪。我喜欢这样旧旧的街道，喜欢走窄一点的路。院子里艳丽的蔷薇蔓延出来，到处是两三层的漂亮老别墅和一些门面不大但有趣的小商铺。真想就这样住下来，住在这个城市最犄角旮旯的地方。就算没有人陪伴，我还有清新的空气、艳阳的蓝天、走个下坡就能遇到的海浪和那颗终于愿意安定于此流浪的心。

　　鼓浪屿有很多由老建筑改建的民宿，而我之所以在这些古老的建筑中选择悠庭小筑，是因为主人放在网页上的一段话将我感动。素色的背景下，缓缓流动着这样的字迹："卡夫卡说，我们是误入这个世界的。我想，我们是已经误入生活的深处很深了，却并没有真正属于这个世界。总是忙，如果现在没空，那以后也很难有时间。凡事总是那样，不做总会有理由，想做总会有办法。知道么，有那么一个所在，四面环海，白鹭长栖，涛声琴韵，鸟儿欢畅。在这里，你是来客，却又不是客。海洋气息，草木芳香，笼罩在这个小岛上，恬静而祥和。只要你愿意，那就去沙滩上跑一圈，冲个浪，打个滚；或者黎明的时候翻进日光岩的大门；或者带着你的心情和相机在古老的别墅与曲折的巷子里，执拗而放松地徜徉、迷失。倦了吧，那就泡一壶铁观音，在香气氛围间想起你走过的日子和远方的人。这个地方，能让你慢下来、停下来。"

　　是的，这里就是鼓浪屿，这里就是悠庭小筑。

　　拖着行李箱从码头一路按照地图索引走去，没多久就远远看见那一抹蓝色的标牌——悠

庭小筑。很讨人喜欢，像个邻家乖巧的囡囡，从她的面容中看

不出期待，却也不会给你压迫感，她就静静地等在那里，透着

一股娴静和温婉。"没错了，就是这里。"

　　悠庭小筑同样是一幢古老的别墅，在主人的悉心装扮下以

简洁和干净的蓝色为主色调，透出一点希腊的异域风格。正值

五月，满院子鲜花争相绽放。那一片殷红爬上墙头，探出墙外，

让路过的行人无一不停留驻足。穿过充满生机的庭院来到客厅

便看见蓝色的门廊，蕾丝的窗帘，窗户边是一张柔软的沙发，

一只猫正躺在上面，慵懒地晒着太阳。原来，真正的生活果然

暗藏在庭院深处。与在岛上听到的游客喧闹声不同，这幢古老

的建筑仿佛瞬间将我带到另一个安静的角落，心清净下来，像
是能够聆听这建筑对我的诉说。

　　如此古老的影像、如此温暖的栖身之地，正是日常生活的
逃避，而逃避只有在时间中才最为彻底，也只有在旅途中才最
为深沉。否则，那些试图在上了年纪的建筑中追忆故事的鼓浪
屿人，又怎会如此淡然？其实，任何美的感受中大概都有这种
隐喻式的逃避存在。然而，我仍旧看见一些东西在拆迁，另一
些东西在兴建，想留的不可留，要走的走不掉。老建筑、咖啡馆、
各式民宿，历史与现实就这样在鼓浪屿不期而遇了。于昨天即
将消失的地方，未来的身影飘然而至，就像鲜活的生命一样，
历史也遵循着新陈代谢的必然规律。一如这幢临街却安详的悠
庭小筑，不在老旧的建筑里住上几天，又怎能读懂鼓浪屿人的
故事呢？

3.4 在厦门恋上民宿

原来你也在这里

去厦门，不是一定要逛景点，也不是必须赏风景，而是体验另一种生活方式。如今，年轻的时尚一族去厦门旅游再也不会选择那些千篇一律的酒店宾馆，因为厦门有无数能够带给你惊喜的民宿。无论环岛路的曾厝垵，还是轮渡对面的鼓浪屿，那些值得栖息并留恋的民宿一定会让你恋上厦门，恋上这样的旅行方式。

曾厝垵位于厦门岛最南端，曾经是一个海边小渔村，后来慢慢开始经营民宿和各式可爱的小店，安静而干净。你可以随便找一家小店吃沙茶面、海蛎煎和手工饼，或者逛逛妈祖庙、祠堂，反正村里的生活就是这样悠闲舒适。从曾厝垵的村口出来，走过环岛路，对面就是大海，沿着海边木栈道一路探寻，感觉时间被海风吹散了踪迹，很快厦门大学、胡里山炮台、海滨浴场便出现在面前。

继续往前走，乘坐轮渡，便来到充满清新气息的鼓浪屿。这里有娜雅，有船屋，有各式各样适合居住的特色民宿，更让人感到惊喜的是，这里几乎每幢建筑都有一段缠绵悱恻的历史，每家民宿都像一个浪漫的故事，等着你来发现：美丽的小院、蔓出墙头的花朵、太阳下慵懒的猫。当清晨的第一缕阳光散落进房间，大自然的气息定会让你心旷神怡。

　　海边的卡夫卡于环岛路的曾厝垵闹中取静，无论何时都能体会到最宁静的安逸。客栈的名字来源于春上村树的小说《海边的卡夫卡》，很多文艺青年在入住之前便迷恋上这样的气质。海边的卡夫卡有可能是曾厝垵最美的民宿之一，这不是夸谈，因为那幢楼在曾厝垵可谓最高层，所以在楼顶的天台上可尽览无敌山海美景。只需待上片刻，便会爱上海边的卡夫卡红白相间的古朴，爱上它脱颖而出的俊秀，爱上阳台上的酌茶时光，爱上顶楼的晚霞蔓延和远方的碧海苍天。

　　海边的卡夫卡的老板叫法门，来自闽南。毫无疑问，也是热爱旅行的人。走南闯北，东奔西跑，去过不少地方。后来，他在海边开了这家民宿，真正过起面朝大海，春暖花开的日子。他说，二〇〇九年的那个秋天，他离开生活了六七年的北京，南下广州，并在漂泊一年之后，来到了这个海边的城市厦门。也就是在那个秋天，他终于决定结束漂泊的生涯，选择安身于厦门环岛路曾厝垵这个小渔村。为了更深入了解并扎根这片土地，他在这里开了民宿，为那些向往海边生活的旅人提供一处可供栖息的温暖之家。曾经，厦门对于他来说或许只是栖息心灵之地，而现在，它却意味着一种生活。

　　我喜欢听他诉说那些传奇的故事。是的，相比历史，更愿意相信传奇，这大概是身为小女子无可救药的浪漫或软弱。他说几年前和朋友去印度，他认识三十个单词，朋友认识六十个单词，两个人加起来一共会——还是六十个单词。就这样在印度走了一个月，去了很多地方，做了很多有趣的事。语言不是问题，问题是上路的勇气和接纳这个世界的童心。他说，有时候语言不通反而能够遇到额外的趣事。他回忆起这些故事时满心兴奋，传奇的一生就在这样不平凡的经历中累积起来。世间总有太多繁华过眼，因为旅途中那些精彩的回忆，再绚丽的色彩都成为背景。大白若辱，大方无隅，大音希声，大象无形，情之至浓至淡，大概是同样的道理。

　　就这样在海边的卡夫卡住上数日，清晨在天台看日出，傍晚于海边守日落，白天和法门聊旅途、聊理想。对于眼前这个明朗的小伙子，我一半崇拜，一半羡慕。反观大部分人的现代生活，当你连自己最喜欢做什么也不知道的时候，实在是很沮丧的事情。到底是什么让人麻木了喜好心，只着眼工作、埋怨、消费、吃喝、消耗能量。等待爱又赶走爱，遇见爱又失去爱，

最后忘记爱自己？发掘自己喜欢做的事，就是要活得自在，甚至可以说，这已然是一个有力量的、成熟的人的责任。

所以，暂且逃离传统的生活方式，去世界走一走吧。因为我们实在无法确定，走过循规蹈矩的青春转而进入中年后，彼时即便手里有房有车，是否就真的能够如人所说，用物质慰藉那脆弱的心灵呢？

如果你即将踏上行程，不妨也去海边的卡夫卡体验一回，和法门聊聊理想，然后告诉我："原来你也在这里。"

3.5 那些人，那些事

独自旅行过，才知道所谓孤独和坚强

　　我从未在旅途中期待艳遇，也从未邂逅关于爱情的故事。但是，我的旅途仍旧有很多与人有关的收获。他们可能是青年旅社睡在上铺的旅伴，可能是在路边解决温饱时遇到某位志同道合的路人，甚至可能只不过一起看风景却未曾 say hi 的陌生人。正是这些听上去一点儿都不值得诉说的瞬间，却在旅行的那时那刻以直击心灵的方式感动着彼此——或是感动了自己。

　　管风是我在厦门环岛路曾厝垵的海边的卡夫卡客栈遇到的姑娘，我到现在都不知道管风是不是她的本名，看上去如此娇小柔弱的姑娘怎么会用一个如风、如男人般的名字呢？和我一样，她一个人不知什么原因来到了厦门。不刻意去景点，无非也是走走晃晃，随遇而安。她也爱三毛，从她说"想去沙漠"的时候我便直觉出她热爱三毛。她说对我有种一见如故的亲切感。似乎我总是容易给别人带来亲切的感觉，尤其在异乡。我大概天生是个优秀的倾听者，只是微笑，他们就愿意滔滔不绝跟我诉说那绵长的曾经。后来，我去看了她的文字，确实像某

个阶段的三毛，狂妄、不羁，有种浓烈的孤独感，一种让人忍不住想一起悲伤的孤独感，但管风却羞涩地笑笑说，自己的实际情况其实比文字来得好，她经常说能拥有满肚子的理想也是一种幸福。我是如此羡慕，因为年轻，她还执着；因为这点执着，她的理想没有淹没在苛刻的现实中。此刻的她也许还没有意识到，这每一步行走、每一次长途跋涉都是在书写她一生的传奇。这份坚强和执着即将成为她日后回忆青春时的最好证明。

旅行不同于度假，没有五星级的宾馆待遇，没有饕餮的美味盛宴，有时甚至饥一顿饱一顿，因为你不知道下一个路口转向哪里。但我仍旧迷恋这样的方式，没有什么比不可预知更让人期待了吧。五月底的厦门已经开始炎热，尤其午后的中山路，商铺在骄阳下显出一副昏昏欲睡、懒洋洋的模样。我决定休息片刻，便躲进一间咖啡馆稍作停留。没想到却在这里遇到一位侃侃而谈的台湾大叔。我向来对台湾有种莫名的好感，细说起来，这份好感的原因是复杂的，但心向往之的热情却从未减退。台湾人说普通话的语调别有一番韵味，所以即便他大概五十有余，说起话来仍旧一副孩子的娇嗔和兴奋。他向我介绍台湾的历史、现状、民风、美食，又跟我询问大陆的教育、环境和如今年轻人的生活方式。这种交流让我们最直观了解到了另一种文化，充满新奇和惊喜，不知不觉中竟然度过了一整个炎热的下午。起身说再见时，他笑着说："欢迎你到台湾来。"我说："一定。"当然会去，这个让我挂念的小岛，我终将亲自过去探一

番究竟。而那样的午后，那样的相遇，已成为我和台湾之间冥冥的约定！

有人说，在女人的二十五岁这年，要找你的上帝谈一谈，而我在二十五岁这年，却以独自旅行的方式，完成了我和上帝的对话。女孩，终究要出去走一走，去看看这个世界，把自己从狭小局限的困境中拯救出来，让眼界宽广些，心胸宽阔些，如此走一遭，必将对未来的生活产生难以预料的影响。在厦门的鼓浪屿，我经常能够遇到独自旅行的女孩，真正符合了那句"一个背包、一个单反，和一颗说走就走的心"。我们有时擦肩而过，偷偷看对方一眼；有时在马路对面张望，视线不经意停留，微微一笑，算是旅途中对陌生人表示的友好。她们大多纯净、美好，与鼓浪屿的文艺格调十分搭配。她们看上去都是那种安静的姑娘，不张扬，不多话；没有浓妆艳抹，没有华丽衣裳。她们清清淡淡，森女式的一袭素色长裙，或许过的也正是森女式的素雅极简生活。我不知道她们独自旅行的原因，但我们已然有一份独自旅行的默契。我大概永远都不会主动上前搭话，因为我更愿意用自己的想象填满关于她们的那些缺失的动人故事。

所以，以为这些独自旅行的家伙都是孤独者吗？其实他们才是我见过的最坚强的人——真正的孤独者又怎会有勇气长时间面对自己呢？

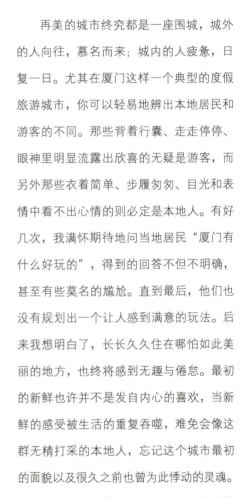

3.6 熟悉的地方没风景

用一颗平常心去探索这个世界

　　再美的城市终究都是一座围城，城外
的人向往，慕名而来；城内的人疲惫，日
复一日。尤其在厦门这样一个典型的度假
旅游城市，你可以轻易地辨出本地居民和
游客的不同。那些背着行囊、走走停停、
眼神里明显流露出欣喜的无疑是游客，而
另外那些衣着简单、步履匆匆、目光和表
情中看不出心情的则必定是本地人。有好
几次，我满怀期待地问当地居民"厦门有
什么好玩的"，得到的回答不但不明确，
甚至有些莫名的尴尬。直到最后，他们也
没有规划出一个让人感到满意的玩法。后
来我想明白了，长长久久住在哪怕如此美
丽的地方，也终将感到无趣与倦怠。最初
的新鲜也许并不是发自内心的喜欢，当新
鲜的感受被生活的重复吞噬，难免会像这
群无精打采的本地人，忘记这个城市最初
的面貌以及很久之前也曾为此悸动的灵魂。

　　是的，熟悉的地方没风景。九寨沟的
原住居民一定对如画的风景习以为常，黄

山的背夫也不会对云海松涛兴趣盎然，三亚的海风椰韵自然也不是渔民向往的度假圣地。有人说："旅行就是从一个自己待腻的地方去另一个别人待腻的地方继续待着。"这过于悲观，因为很多时候，旅行就是追求环境和人的变化，这种变化的反差越大，带来的冲击越大，旅行的满足感也会越强烈。你不是他人，自然无法理解他人的选择。

很多人都会爱上厦门，甚至放弃之前熟悉的城市选择在这里生活。Air夫妇就是其中之一。一场旅行让他们在厦门相遇，随后两人竟选择离开繁华都市，来到这个小岛，买下一幢老洋房，开了一家咖啡馆。"花时间"从此成为他们的生活方式，晒晒太阳发发呆，过着悠闲散淡的日子。莫说这样的生活太过理想化，因为别人正生活在你只敢奢望的理想中。正是这些鲜活的人告诉我，任何一种生活方式都是可能的，有些人幻想了一辈子，有些人却抛开束缚乐活当下。

而我呢？二十五岁的我大概还不会因为一个城市的美丽而选择久居。世界那么大，怎能不努力再走远一些？我选择一个城市，一定是因为它可以带我走向更多的地方，可以让我感受世界更宽阔的一面。想要过得好，只能去远方，但其实去了远方，也未必会过得好，生活的艰难和奔波不是看几本杂志就能想象到的。

城市和人一样，伴随着选择就伴随着取舍，无悔就好。

又回到那一年，我第一次喜欢一个男生，我忽然认为：成长的过程中应该有一次指向独立的单人旅行。喜欢和旅行之间是怎样的关系呢？我也理不清，但从那时起，我就义无反顾地踏上流浪这条不归路，唯有如此，也许才能找到自己想要的东西——当然，放弃的只会更多。可是那种感觉从未消失，因为我的心还想飞，还想多看一些这个世界，想长命百岁去体验这个世界究竟美好到什么地步。

有时会感觉，在一个城市里生活了二十几年，突然想在某天把所有的往事和历史抹去，在陌生的人群里，做一个手心空洞的人。想要逃离当下的生活，所以选择了旅行。后来每当对生活感到迷茫时，就自知是该去旅行的时候了。那么，会不会其实并不是我要去旅行，而是旅行找到了我？

独自出门，我一点也不怕，手里拿着一张地图、一支笔，边走边画，到自己想去的地方玩，这样的旅行方式像是在迷宫里寻宝，新鲜而刺激。背包式的旅行有更多的惊喜和冒险，同时也有机会接触当地人。路走得越远，自己会变得越坚强。我本没有期待从这次厦门之旅获得什么，就像那年我喜欢他，却从未想过从他那里获取什么，甚至没有想过让他回报我的喜欢。我只想能够离开世俗，做一些内心真正接受的事情，有片刻的安宁可以置身于陌生的环境中审视自己。即便是粗茶淡饭的日子，我仍旧心满意足。

用一颗平常心去旅行，去看待世界，这个过程仍旧需要一段很长的时间和磨炼。就这样，旅行的日子久了，纪念品越买越少，游客多的地方去得越来越少，如此便知道自己对旅行的意义已经改变。看过了新的风景，就可以忘记旧的伤痛，还有时光深处的爱情和离别，都会在旅途中一并忘记吧。

黄昏登顶看夕阳，只把他乡作故乡。厦门，让我再拥抱你一次吧，即使离开仍会回。

（2011.5）

四·大连，一场不期而遇

　　有些人，有些城市，你会一直遇见，也会一直错过，就像是冥冥之中你们注定没有缘分一般。虽然前一刻还相拥在一起，但也许是时间未到，你不知道下一秒你们便相隔千里——这是后来我才明白的道理。相遇和错过只在一个细微的瞬间，那些想念看似清浅不着痕迹，娓娓道来时也常常感觉不够深刻，于是便习惯轻描淡写地对待，直到失去。时间是魔鬼，不经意地就让他流进了你的血脉，又不经意地让你老去了一些。

——《去，你的旅行》

4.1 细雨中的老虎滩

只要出发，就能到达

最初，我带着寻找和期待开始那一次大连之旅，伴随一点点像劲儿和很多很多的未知。从一个熟悉的城到一个半熟的城，再去一个陌生的城。当我终于闻到海洋的气息，感受到海风的吹拂，我知道，我的大连之行已经完成一半了。

大连：海雾，小雨，阴霾，放晴。

我：布鞋，长裙，草编帽，粉红豹。

一张从崭新到用旧的地图，一条又一条暴走的小路。

对了，还有一位不解风情，但很有耐心，于是被我踩脏了裤脚的男生。

　　我相信很久很久以后，当我再回忆起对大连的初印象，一定会带着很多疑问，同时也会有更多的释怀。我不知怎么就来到大连，不知是如何坚持下来用脚步丈量了这个城市的街道。就像遥远遥远的以后，我也未必知道当初为何爱上他，又该选择谁与我相伴一生。但这些记忆，我一个都不会放过。我信因果，我信我走过的路会影响日后的生活。

　　所以，真的勇敢，不是背上行囊，走出家门，甚至不是在完全陌生的地方以迷路为乐；真的勇敢，是持续更新，不怕老不怕死，在柔软的心里，放一个大大的信任。启动一个章节，故事自然就会发生。只要出发就能到达，你不出发，就哪里也去不了。如果你不能沉下心来，就什么也做不到。出发永远是最有意义的事，去做就是了。

　　在老虎滩的这天，除了小雨，就是大风。整个城市都因为这样的阴雨天而感觉有些郁郁寡欢。可是我却在雨里兴奋异常，因为期待了很久在雨中漫步的机会居然就这样在大连碰到了。那双红色条纹小布鞋被雨水打湿，被海水浸透，还是坚持陪伴着我走了很长的路。也许因为天气，渔人码头冷冷清清，周围都是欧式的建筑群，咖啡馆，或者红酒坊，最多的是婚纱摄影基地，走在其间总有种甜甜蜜蜜的感觉，像无数电影里的画面：阳光暖暖的欧洲街道、街边是晒太阳的老外，一杯咖啡、一本杂志，一丝若有似无的微笑，隔壁是满溢香气的花店，花店由一位可爱美丽的姑娘打理，生活在这里的人从来不执着于时光的流逝，好像时间于他们而言，只不过嘀嗒嘀嗒地流转，享受彼时的温暖才是紧要的。

　　正想着，脚下踩到一摊水洼，溅起的水花不但打湿了我的长裙，也弄脏了身边男生的裤脚。我抬头看时，他脸上刚刚掠过一丝无奈的神情，但转而就笑了。最初，也正是他的随和成为我们结伴而行的原因。雨水还在淅淅沥沥，好像孩子撒娇耍赖似的哭闹，不凶，却也没有停下的意思，小声呜咽，扰人不断。后来我们躲到附近一家咖啡馆：猫的天空之城，一直等了很久，窗外仍是海风伴细雨。不过，于这样的下雨天在咖啡馆里取暖逗猫倒是不错的事情。生活，说到底总是一分一秒地度过，在雨中或在咖啡的香气中，何苦那么刻意、那么着急？

　　大连，老虎滩旁，渔人码头，晴天的时候，你是否会温柔些呢？

总是想去看海的，哪怕孤身一人。

去大连金沙滩的那天清晨，我特意起了个大早，守在窗边看天空由墨蓝色渐渐变成水蓝，直到确定天气晴好才开心地背起相机准备出发。坐上轻轨，透明的大玻璃窗外是一路退去的风景。我忽然想起那天是我和他相识一周年的日子——我当然不是"忽然想起"，我"一直都记着"。至于我们已经分开多久，却真的记不清了。我记得他说会陪我看海，记得他又说"没时间"。很多的"记得"，也有很多的"忘却"，无非这样吧。那时有很多人说他像吴彦祖，再加上他成熟的、能够洞察一切的吸引力，这足以让我为他写诗，为他着迷，尽管我知道，既然被驯服就要做好受伤的准备，可这世间还有什么比爱情更加障人

眼目呢？年轻的时候多多少少都喜欢有点阴霾型的男人。这时候的男朋友要酷酷的，越是不爱搭理人，我们越是着迷，往往看到他们不说话的侧脸就爱心泛滥。后来自作自受，明白了：如果一个男人很酷，不爱说话，总有一天他也会酷到懒得理你。

最初我以为，失去他反而为某种宁静支配："失去"本来就比"获得"更加让人安心，既然已经"失去"，就不会再有什么足以"失去"。但那件事过后，我身体里似乎留着类似轻微烫伤一样火辣辣的疼痛。我甚至会想：难道归根结底，我命中注定就得孤独一人？难道自己身上有什么根本性的东西，让人心寒失望？否则为什么许多人来到我身边，最后又离我而去？他们似乎想从我身上获得些什么，却找不到，即便找到也不中意，于是作罢、失望、愤怒，最终在某一天突然消失，扬长而去。没有解释，甚至连个像样的道别也没有。就像用一把锋锐无声的大砍刀，将温暖的、奔流不息的血液以及还在猛烈跳动的脉搏一刀斩断。喷涌而出的鲜血是我的，伤口是我的，所以疼痛也是我的，与他们无关。

看着窗外不停后退消失的风景，无意间就会想起一些往事，酿起许多哀愁。此时才发现，随着海岸线越靠越近，外面已生出迷雾，而且渐行渐浓，丝毫没有要散去的意思。我手中拿着那本《分开旅行》，书中写道：

> 收拾行李是容易的事情，出发也很容易，但寻找到答案并不容易。那些离我们而去的人，并不会突然消失不见，他们只是渐行渐远，就如同桌面上逐渐干涸的水渍。

或许，消亡本来就是一件缓慢的事，我们都不该匆忙地去做，比如烛火的熄灭，比如感情的冷却，也比如这眼前的浓雾。

走出轻轨，旋即被迷雾笼罩。看不见海的方向，只好凭海风和海腥一路摸索。我并不害怕，却着实有一点手足无措，不知是兴奋还是惶恐。不远处，那个被我踩脏裤脚的男生正在沙滩上低头捡好看的石头，这或多或少让我感到安心。一个人丢，是迷路；两个人丢，叫逃亡，说起来总有点浪漫的侠骨柔情。尽管我们之间只是单纯的情谊，也总归有个能让我在陌生城市里感到放心的归属。

沿着金沙滩的海滨栈道行走，一路上车不多、人不多，只有海风、海浪和好闻的海腥味。偶尔能遇到在海边垂钓的大爷，三五成群，但谁也不与谁说话。看上去他们正在做的事情不是垂钓，而是等待。等待这迷雾的散去，等待时光的流逝，或者等待他们中的某个人先开口打消这静默。只是，垂钓的他们唯独没有在等待小鱼上钩。"等待"在这里成为极具意义的事情。等，但是不期待结果，随性而至，随遇而安，像极了大海的情怀。

忽然，天空有一声低吟，紧接着是几声清脆悦耳的鸟叫。抬头看，竟有三五只海鸥从迷雾中滑翔开来。我怔怔地站在那里看它们滑翔，那姿态好像能够征服整个天空和海洋，不受束缚，自由欢快。"多么简单又不可企及的自由！"我心里这样想。如果它一直飞翔，穿越大片海洋，是不是就无所畏惧了呢？而我，和海鸥一样，这些奋不顾身的翱翔与远行，不都是在逼着自己变勇敢吗？我想要能够风尘仆仆接受途中的一切，我想要改变自己胆怯的眼神，不怕一个人，不怕陌生的环境，坚定到无所畏惧。我想要像这海鸥一样，勇敢、潇洒、自由、漂亮。我觉得，如果能独立走一圈，承受旅途中所有的辛苦和劳累以及期望和失望，那我或许就不再是当年拉着行李胆怯的小女孩了。

其实我讨厌城市，尤其发展成熟的大城市。每当我走在上海的地铁站或拥挤的街头，就会产生一种错觉，总觉得眼前这来来往往的人们，像是被一层隐形的防护胶囊包了起来。他们脚步飞快，眼神空洞，好像看不到也感觉不到周围的人和事物，虽然满目皆行人，却空洞地只能听见自己的呼吸声。那么，在这样匆忙的、人情味淡薄的人群中，有没有我曾经或者即将认识的人？就好像我们曾经去过同一个国家，到过同一个城市，在同一条街上张望，甚至住过同一幢公寓，虽然我们彼此认识，却竟也始终没有见过面呢？我想，也许我们早就见过了，在那些热闹而汹涌的人群中——这样想，沮丧的心情也好了一些。

也许每个大同小异的城市都是孤单的城市，人们早已经忘记了如何用声音和眼泪表达情感，而在海边的那一刻，这些翱翔的海鸥，仿佛精灵的化身，维系住仅剩的一点点人情味。

天空中没有鸟的痕迹，但我已飞过。

　　记忆中，所有关于大连的印象都是干净，具备一切理想城市的要素：整洁到不忍踩踏的马路、清澈见底的海洋、让人心旷神怡的空气。可最初两天的大雨和大雾却让我在这城市里感到迷茫。所幸风雨过后终于等来蓝天和阳光，被雨水冲刷过的城市一片神清气爽。之前所有的阴霾都在明亮的天气中逐渐好转——所谓不期而遇，所谓旅行中的惊喜，大概就是这样。一如生活，我们每个人都会有感觉撑不下去的时候，在岔路口迷茫无助时，唯独等待具有意义，如电影《侏罗纪公园》里所说："生命自会找到出路。"

　　明媚的下午来到付家庄海滨浴场，海滩艳丽明亮，阳光散落，远处是一望无际的波光粼粼。沙地在阳光下闪着光，人们支起了色彩斑斓的防风墙和帐篷，小狗在沙地上跑来跑去。午后的光线有点刺眼，我不禁微微闭上双眼，于是蒙眬中看到了海的另一番面貌：波浪像是打在海面上，实际却是大海的一部分，充满力量与柔情。一片云彩飘过来，挡住那强烈的阳光，海面出现一小片云朵的影子，如梦境般神秘。不远处飘来一艘小船，大概是出海的渔民，眼前的美景因此有了灵性。对于浩瀚的海洋来说，一艘船那么微不足道，但它却能给海洋带来生命感，不禁惊叹这地球上的唯一海洋，却展现千姿百态的面貌。

在《了不起的盖茨比》中，黛西问："你们是否总在等一年中最长的一天，到头来偏偏还是错过？我总是在等一年中最长的一天，到头来偏偏还是错过了。"我不懂她为何执意等待那一天，但这番等待的心情似乎可以理解，就好像我一直在等一场完美的日落。想象中，夕阳的光洒在一望无际的海面上，海天一色的远方是多彩的霞。阳光不再那么剧烈和耀眼，它温柔地温暖着晚霞。慢慢地，与晚霞缠绵，最后跌落到海的另一边。世界还残留着一点亮光，温暖无比。

付家庄的海滩上，迟暮时太阳散发出一种安静却坚定的力量，整个世界为之沉默。从刺眼到柔和，从柔和到昏黄，再从昏黄到温暖，整个不足二十分钟的日落过程，却等得我满心欢喜，像个孩子收到心爱的玩具般兴奋，拼命压抑着内心的悸动，生怕破坏了那时那刻的安宁。可惜日落的时间如此飞快，仿佛才刚刚沉浸到安静的世界中，天边的红色就被宝石蓝取代，紧接着是幽幽的黑暗，直到最后月亮升起，星光漫漫。坐在岸边我突然发现，原来就像追不上的夕阳，在我们生活的时光里你什么都抓不住。我延长了曝光的时间，得到一种柔焦的夕阳效果：在我看来，唯独这柔焦会给人以永恒的感觉。

被我踩脏了裤脚的男生忽然转身说：

"送你一首小诗吧。"

"好啊！"

"清晨破晓迷眸，黄昏迟暮醉梦。"

"没了？"

"嗯。小诗嘛。"

我们忽然哈哈大笑起来。那一刻我确定：原来，我的日落并不寂寞，世界上还有别的人，在别的地方，正与我一起望向天边，用温暖的心情看着这片夕阳。就好像我在等日落，他在等坠落的灵魂，此刻，我们是萍水相逢又相依为命的一对陌生人。

4.4 历史后的旅顺

苍茫世界，唯我独行

去旅顺并不在我最初的计划里。

那天，被我踩脏裤脚的男生忽然低声问："要不要去旅顺？"

"远吗？"

"还好。"

"那走吧。"

于是，我们乘上大巴，去往旅顺。我喜欢这样简单又直白的决定，不用试探、犹豫或者想太多，和性格随和的人就能够这样，不需要刻意去磨合，因为所有的迁就都是勉强，人和人之间也许真的存在一种天然的默契，仅凭这一点默契便可以相互扶持一路走下去。不过想想，真正的优势在于年轻，说来就来，说走就走，不拖泥带水，仿佛全世界都给自我让位。

然而那天却成为我记忆中最初一场暴走式的旅行。

初到旅顺，见天气晴好，空气温润，行人来往不多，不禁生出"走路散步也不错"的想法。这个时候走在寂静中，轻轻哼唱，低声说话，听到风吹过草间，空中鸟儿拍打翅膀，散步竟然成为享受。这才是人生存的基本环境，就像菜里不能多放味精，食物里不能滥用添加剂。说到底，环境安静，人才能思考，或者说，思考些安静的问题。

在城市里待久了，几乎忘记双脚踩在大地上是怎样一种真切的感觉。我甚至以为走路是世界上最简单的事情，只不过是把一只脚放到另一只脚前面。然而旅顺上坡下坡太多，大约两个小时之后，我开始惊讶于走路这个几乎是本能的事情，实际上做起来有多困难。感到不可思议吗？其实吃也是一样的，有些人吃起东西来可困难了。说话也是。还有爱。这些东西都可以很难。那是一种浑身上下、由内而外散发出的无力，我的整个身体都拒绝着外面的世界，似乎唯一的兴趣就是慢慢销蚀掉自己。我开始想家，想舒适的软床，我不得不承认：漂泊之所以让人羡慕，那是因为你只见到漂上去的，没见过沉下来的——后者才是大多数。什么事儿都是听上去很美，到了实处，就要拿勇气和毅力来说话。

被我踩脏了裤脚的男生转身问："不用走太快，咱们慢一些。能坚持吗？"

我听到他带着明显的喘息声鼓励，不由得放慢速度，并一心一意点点头。我必须坚持，不能成为别人的累赘，不能让他因为我改变旅行的计划。也许在旁人看来，这样的暴走有些自虐的成分，但我能理解：生活中总想做点什么事情用来证明自己，如果太伟大的计划做不到，那么先从脚下迈开步伐也是好的。我们俩一个处女女、一个天蝎男，一旦固执和倔强起来，跟自己死磕到底的劲头别提多足了。

不过一旦接受了这种缓慢的前进，反而开始惊讶自己走了多远。也许当你走出家门真真切切用双腿走路的时候，延绵不绝的土地并不是你能看到的唯一的事物，还有过程中体会到的犹豫不决和希望，这些才是朦胧中最亮的光。土地在脚下铺展开，那种自由自在，探求未知的感觉振奋人心，让我忍不住漾起一丝笑意，但觉苍茫世界我独行，再没有什么可以阻止我，让我回到那间狭小的房间独自面壁。

　　不知何时便走到了旅顺日俄监狱，这是一个由两个帝国主义国家在第三国先后建造的监狱。监狱里的野蛮和残忍程度是我们终其一生也无法具体想象的。青红两色，反差明显，显得独立、彼此格格不入，而又似乎有某种黑暗的联系。青色的砖墙是沙俄创建的，红褐色的砖墙则是日军占领旅顺后扩建的部分。其实，你并不需要知道它是青色还是红褐色，对我们来说，这些历史都是黑白。从外面看，二者都那么冷酷；从里面看，他们又如此一致的血腥。监狱外的草地上有很多蒲公英。当时的他们知道吗，蒲公英代表希望。然而在这样的地方，就算有阳光透过来，就算能看得到亮光，狭小黑暗的屋子仍旧暗无天日。我忽然想起埃斯库洛斯的悲鸣，他说："人生最好的事唯有两种，要么不出生，要么出生了即死去。"或许唯有如此才可以避免历史的残酷和痛苦。

　　站在这样的历史中，我忘却了这一路暴走的疲惫，也不再有旅人的轻松心情。多数人都知道吸食毒品会上瘾，而只有上过战场的人才会知道，杀人也会上瘾，那才是最残忍的瘾，

它能让人产生一种屠戮的快感和控制别人生命生杀大权的自豪感，也是最刺激的人间游戏。当杀戮不但被允许且成为必须做的事情时，你就可以由于杀人而感到自己存在的伟大和自豪。战争让每个人都成为杀人狂。人的内心都潜藏着最野蛮的魔鬼，战争必定会把它召唤出来。任何人不能回避，也不能粉饰，因为那是战争。

如今，战争离我们很远了吗？这样的历史又刚刚过去多久呢？如果说古代战争和现代战争有何区别，那么从荷马《伊利亚特》到纳粹的奥斯维辛集中营，古代战争始终指向荣誉，现代战争则沦为欲望的赤裸表达。欲望缺失产生仇恨，即使仇恨的渊源早已模糊，仇恨本身却在不断重复，直到最后，没有人能够问为什么。仇恨就是仇恨，单纯仇恨。

从日俄监狱走出来时，感到无形的窒息。无论文学作品的表达还是影视作品的直白都无法让处于和平时期的我们切身感受战争的残酷。但可以想象的是，当一个人每时每刻都处在极度紧张和恐惧的环境中，便不能思考，所有的一切就会变态。得不到安全感就需要用毁灭别人来换取，只有保命时本能驱使的一连串动作和野兽厮杀时的本能反应。活下来的人没人敢相信自己做过的事，但在那个特定的时间和地点，人体内潜伏的兽性和兽行都会成为可能。毁灭别人和毁灭自己的冲动是那样强烈，它变成了一种不可理喻的饥渴。

还好结束了，终于结束了。返程时，除了感觉双腿沉甸甸的痛，我想不到还有什么结束了。

4.5 老街的小夜晚

熟悉一座城，了解一个人

很庆幸在大连的几天能住在这样一个味道十足的地方，距中山广场不远，转角就是"老街"，各种西餐厅、酒吧，咖啡馆。夜晚的时候，昏黄的灯光、凉爽的海洋气息、广场上玩耍的孩子、旁边驻唱的小酒吧，热闹，但不会吵到你。一切都是安安静静的模样，让我这么一个外来人也丝毫感觉不到陌生或局促。于是，我决定不能错过那么好的小夜晚气氛，在大连的最后一晚跑去露天屋顶，享受夜色，拍照，或者象征性地思考一下人生，坐着摇椅来回荡漾。空气有点凉，但心情很好。

然而，继续腻在这样的小夜晚里，却让我想起本雅明的《单行道》。他在书里曾描述过大概相似的夜晚，他说："我带着极为痛楚的心情坐在一张长椅上。两位姑娘在我对面的长椅上也坐了下来。她们似乎想亲密地谈话，因此开始小声私语，周围除了我没有他人。其实，即便她们大声交谈我还是听不懂她们的意大利语。但是，面对这一用我听不懂的语言无拘无束地轻声细语的场景，我却无以抵御地出现了这样一种感觉：似乎一剂凉爽的药敷在了我的痛处。一个人心情极为痛楚的时候，有时完全放下心系的一切到一个全然陌生的世界去周游一番，反而会使心情变得通畅些。因为如此会发现世界之大，发现很多还不熟悉的世界里有多少美妙的东西。"

是啊，有时候如果能够完全放下心系的一切到另一个完全陌生的地方走一走，心情就会豁然开朗。因为大部分时候，我们都只能作为一个异乡人去爱另一个地方，比如爱上大连，爱上这个简简单单的小夜晚。如果我是本地人，真的不确定还能不能再爱他们，包括爱他们所有的浓妆艳抹和所有的风轻云淡。所以，当你觉得沉闷时，去陌生的地方走一走。也许就会发现，不是生活困住了你，而是你局限在狭小的自我生活中。

卡尔维诺在《看不见的城市》里写道："旅客们熟悉这些美景，因为他们在别的城市也见过。然而这座城市的独特品质在于，倘若九月的黄昏来到此地，白昼渐短，

你将看到炸食店门口同时亮起多彩的灯光，听见某处凉台上传来女人的叫声：啊！真让人羡慕那些人，他们觉得自己曾经度过这样的一个夜晚并且在那时是幸福的。"如果只是在文学作品中读到这样的文字，我最多感觉优美而有情趣，不会过多拍手称赞。直到我在大连的小夜晚感受到相同的幸福时光，才发现快乐的感受竟是那样真实。这就是大城市中隐匿的小感觉。现代的城市与城市之间，已经越来越难以辨别出多么实质的区别，清一色的混凝土森林让我从一个地方来到另一个地方时，也并没有太大的惊讶和欢呼。这就更需要静下心来，乘坐当地的公交，看看当地人的生活，听当地人侃大山，走当地的小路。也许如此的行走，就会在千篇一律的城市面貌里，发现一些细微的不同吧。

被我踩脏了裤脚的男生沉默不语坐在对面，他好像一直在拍照，然而从我的角度却从来看不出他拍了些什么。在大连这场不期而遇的旅行中，我踩脏了他的裤脚，他带我迷了路；我在这样的夜色中发呆，他在这绚烂的夜色中猛拍。这其间似乎是一种同样的孤单感让我和他成为很好的朋友。我想他大概是个对摄影很有追求的人，和我遇到的其他摄影师不同，我非常喜欢他的摄影风格，那是一种电影的风格，有点清新，但不完全是小清新；有点文艺，但没有刻意做作。也就是说，当你看到一张照片的时候，你能看到照片背后的故事，或者说照片正在用一种无声的语言与你沟通。如果画面中是一个小朋友，你能感受到她的快乐；如果画面中是一个少女，你能体会到她的忧愁；如果画面中是一个老人，你仿佛能看到他的整个人生和睿智。就像那传说中的蒙娜丽莎，即便我看不懂，但我觉得她之所以成为经典，大概也有这方面的原因——情感。所以我喜欢他镜头里的我的样子，我喜欢自然和真实，一点都不假装，一点也不做作。很多时候，我并不知道什么时候走进他的镜头，我也并不介意何时被他拍下怎样的状态。反正，我不需要美丽，我只追求自然。

他对摄影的热爱是我无法企及的程度。我虽然自认为也在孜孜不倦追求拍出好的片子，但很多时候，我的摄影更加强调一种记录：记录我的生活、我曾走过的路，以及我所有的心情体验。毕竟，以我不求甚解的习性，获得欣赏美景的快乐、听到相机的咔嚓声就足够了。当摄影复杂到在按下快门前要考虑各种角度、光线、参数、意境时，真正的快乐多半会成为一种副产品被消耗掉。但他拍之前却要想很多，构思画面或者光线，然后小心翼翼按下快门，好像使用的不是数码而是胶片。当然一旦按下去，就是一张独立而成功的片子。更难能可贵

的是，他能捕捉到旅途中那些我忽略掉的美。我们走过相同的路，看过相同的风景，回过头来，他却拍出了更多更细微的照片。这就是为什么我们一起拍厦门，拍香港，拍太原，拍大连，最终看到他的片子时，我却永远如看到一个陌生的城市般感到新鲜。

我们这样两个人当初是如何相遇的呢？算缘分吧。总之，经历了错过，错过，再错过，最后才见到。他言语中流露着一股聪明劲儿，可是他却并不经常说话——而这一点恰恰是我喜欢同他一起旅行的原因。他是天蝎座，又绝对是非典型天蝎。除了不解风情，很难再挑出致命的缺点，所以我一直好奇为什么老大不小了还没有女朋友。他经常对我说："要找一个会拍照的男朋友，然后你负责笑，他负责照。"我每次都摇头，反驳他："这完全是哄骗小女生的把戏，如果他的镜头里记录了你的微笑，那么将来他的镜头里也有可能记录别人的微笑啊！"可是他却说得实在："其实男朋友的摄影水平跟他的劈腿几率是不成正比的。这就好比并不是只有帅的男人才花心，反而最常见到的是越丑的男人越花心。假如他真的爱你，真的用心，那么用镜头记录下你们之间的点点滴滴，年老的时候翻看回忆，岂不是人世间最浪漫的事？"

后来，他果真找到了心甘情愿为她拍一辈子照片的女生。他把拍好的照片传给我看，照片中的姑娘身穿素色旗袍，温婉大气，逆光下散发出一种古典的、端庄的美，连我都喜欢。如果说，你是怎样的人就能拍出怎样的片子，那么我认为，被我踩脏了裤脚的男生大概是：低调、细腻、认真、倔强，还有点小情绪在里面的人。漫长的旅途中，和什么人一路结伴而行似乎在冥冥中早已注定，那些快乐和悲伤有人一起在旅途中与你分享，最后把记忆全部丢在那些可能再也回不去的时光里。旅行的快乐便是这样，遇到的人和经历的故事，最后都变成了磨灭不去的文字。

认识一个人，熟悉一个人，或者，路过一座城，熟悉一座城，都需要因缘。

到达大连很久后，我都没有意识到自己其实已经在东北。从一个地方到另一个地方，我经常会默默计算一个心理的距离，而我心中的大连只不过北方的一片海，远没有东北三省的冷酷感觉。没错，这里是大连，这里是温柔的东北。

那天傍晚，我在星海广场的海边待了很久。海风吹得我浑身发抖，我却并没有想要离开。很多时候，旅行就这样在闲逛中度过了。我非常喜欢这种方式。忽然被放到一个陌生的地方，独立在城市和城市间闲晃，这种类似失去重力和安全感的无助以及欣喜，的确很难形容。慢慢地，就会习惯这种旅行的方式，习惯这种目标不明确的生活。我可以独自坐在街边的咖啡馆里，一杯拿铁消耗一个下午，不说话也不会觉得无聊，就连观察形形色色的路人来来往往也成为极大的乐趣。彼时我发现，世界真的像电影和小说中那样多彩，你看那着装普通的路人甲乙丙丁，哪一个不是带着精彩的或伤痛的故事徒步前行呢？原来世界真的可以有那么多层次，眼前的，远方的，还有目不可及的。

当然，有失有得。但如果只是照着旅游书看景点，

或者去一些被推荐的餐厅和酒吧，终究不过一个观光客，无法融入当地的生活，也无法找到面对自我的旅行气氛，所以需要流浪，需要乱逛。这时的"乱"也许会带来巨大的惊喜，也可能只是走路散步。但毕竟，走过，就会留下专属于我的经历。而我们的旅行，不正是想要留下一站站专属的经历吗？

在大连市区闲逛时邂逅了中山广场附近的玉光街教堂。几年前的某个时间段，我曾对教堂婚礼这件事有过强烈而执着的追求。我在心里规划教堂的布置，想象婚纱的细节，就连亲朋好友的微笑都无一例外出现在我精心构思的画面中。后来才明白，想要在教堂举办婚礼并不难，难的，居然是找到对的那个人进而走入婚姻。如今每每参加婚礼，尽管大同小异，千篇一律，都还是会无一例外地被感动。其实，都是小事情，都是小爱情，然而就算这样的小幸福，对于大部分的我们来说显然已经不再那么唾手可得了。

和他分手之后，不管眼光投向哪里，我以为都能看见希望，那是一种大胆无畏的希望、愚昧无知的希望、自欺欺人的希望。可那时并没有人告诉我：希望是一种非常低级的策略，还不如胆大无畏的绝望。我有足够的勇气说爱是值得我为之去死的事。如果不值得的话，为什么爱情一直都是文学、电影和戏剧的主题呢？俗套必有俗套的道理，是因为这一切都是真实的吗？他曾经把我揽入怀中，说爱极了我的乖巧和甜美，但其实他一直爱着的是我的纠结与混乱，是我难以驯服的头发和心田。他曾惊叹我刻意隐藏起来的性格"太像美杜莎"了，可他又是否知道，即便是美杜莎，我也只不过是害怕自己毒蛇的美杜莎。当我在他们眼中成了一首经典的希腊诗，再也不是人爱恋的对象，与普通平常的长发女孩还有什么区别？我应该感觉悲伤吗？

上帝给予了什么，我们就珍惜什么。但若对自己诚实，这样四处的飘荡和流浪并不是我本意，我只不过在没有选择的情况下选择了看上去最优的生活方式。飘了那么久，还不就是为了等待一个人能让你心甘情愿停下来，至此坠入生活的柴米油盐酱醋茶。一句"Yes，I do"终结了多少流浪，同时也终结了多少孤独。这其间的得失，不是别人的"以为"，而是你自己的"确信"。也许每个女人心中都会有些小虚荣，却又渴望爱、渴望关怀、渴望真正的欣赏和情感支持。我也希望每个女孩都能找到最初的那个人，然后就在纷繁复杂的人世间，牵着手走下去吧，无论遇到什么，心也不要分离。

生命就像是一个个看不到方向的转弯在等着你去选择，从心底出发，感受你最喜欢的事情和人。我想那就是你的答案了。

　　每去一个地方，我会十分留心当地的老旧建筑，城市对这些建筑或拆除或再利用，都反映出那座城对历史和文化的态度。大连港十五库也就是第十五号仓库，类似上海外滩 3 号，北京 798，南京 1912 的老建筑文化区。经历八十多年的风雨之后，在尽量不改变原有风貌的基础上进行改建，同时注入现代时尚元素。"库"顿时有了更多层耐人寻味的意思，它可以是"酷"，展示体验最前端的时尚文化、消费的节奏和变幻；也可以是"库"，只是不再单纯囤积货物，而是对现代城市各种元素的吸纳和创新。当新的文化理念邂逅老旧的古董建筑群，总会发生奇妙的化学反应。就这样，越来越多的城市老建筑与创意邂逅的成功版本为快速变迁的城市提供着模本意义。建筑，是可以凝聚时光和历史的，无论外观还是内核，古老的建筑大概不会因为城市的极速发展而被踏碎遗忘。

　　十五库的上下多层设计十分简单，漫咖啡就安静隐藏在这幢老建筑里。临海而坐，或一杯咖啡，三五好友；或一杯红酒，商谈事务。一个转身的距离，就可以看到平静的海面。海风吹拂发梢，大口呼吸着海浪的味道，休闲的下午，确实应该这样度过，一杯咖啡的时间，就可以在老建筑里拉长光影。热拿铁浓厚的咖啡和牛奶混合在一起，浓郁的芬芳扑鼻，慢慢喝下一口，好像生怕错过丝丝毫毫的醇香。再回味，单单一个漫字，就足以品味良久。老旧的灯光、木质的桌椅、森系的靠垫、韩式小熊点餐牌，每一个元素都特别适合十五库的风格。"库"或者"酷"，"怀旧"或者"潮流"，代表的是这个老厂区改建后的新理念。这里是一个可以停下来思考的地方，一杯顶好的咖啡、一份舒适的心情，搭配这样的灯光，好像连时间都在挽留我，不舍得走太快。

　　然而比漫咖啡还要吸引我的，是门外的自助书架，"用一本你自己的书，换一本书架上的书"。每次旅行，我都会随身带一本书，消磨时光也好，寻找内心的平静也好，甚至也不一定怎么仔细看，却像是一种习惯，有本书，就会觉得有安全感。大连的路上，我带着卡尔维诺的《看不见的城市》。这是一本喜欢到反复阅读的书，简单的绿色外封，小巧玲珑，掌在手里就不舍再放下。所以最终，我也没有用这本《看不见的城市》换书架上的某一本。下一次吧，我不希望生命匆匆忙忙，所以愿意把所有未完成的心愿留给下一次。然而这以后，或许根本就没有下一次，如此也便积攒了遗憾，越来越多的遗憾。但这又有什么关系呢？这些遗憾不也正是当初我自主选择的一部分吗？拥有一点遗憾真的不如拥有一点完美吗？

　　漫咖啡的对面，是一家名为回声的书店。书店笼罩在黄色的灯光下，木质的书架上摆放各类书籍，以艺术居多，零星几本外文原版书和杂志，甚至还有老式的打字机和黑胶唱片。最初吸引我的是这书店的名字：回声——Echo，让我想起 Jason Walker 的一首歌，也叫《Echo》，嗓音低沉，宛若空灵，每一句都给人"抓不住"的绝望感觉，然而却也并不知道想去抓住什么。呼唤、呐喊，同时也无力、无助，每每听到总会心酸。《Echo》是他最喜欢的一首歌，正是他曾带给我如暖黄灯光一样的温暖，此时此刻又叫我如何不去怀念？怀念是件很好的事情，它可以筛选我们繁杂的经验，留出那些最宝贵的聚集在一起，在时常暗淡的日子里鼓舞我们。然而很远很远地去怀念一个人毕竟是一件令人沮丧的事情，因为这种怀念无着无落，没有回应。可是在我，对他的怀念却变成了一个安慰、一个理想。似乎在我心里，划出了一块净土，供我保存着一些残余的纯洁、善良和美好。像一种爱情，使我处在他那双假想的眼睛的注视之下，努力表现得完善一些。

　　从漫咖啡出来后，不知何时，清晰的海面已被大雾笼罩，海风也伴随着迷雾吹起来，好像我在咖啡馆里坐了很久很久，一进一出，世间已经百年，然而低头看手表，不过一小时左右而已。你看，时间的相对感在漫咖啡慢了下来。它试图告诉你，不用走太快，否则生命会是一场徒劳。

　　无须给旅行赋予过多的意义，过于寻求意义其实是一种肤浅的功利主义心态。每次长途远行都会为我们带来或多或少的改变，有些改变甚至影响余生。我相信这是一种静悄悄的成长，很多怎么也想不通的事情就在旅途中，就在渐渐的领悟中看清看透了。生活中大部分事情都是如此，不管我们面前还有多少东西必须学习，最重要的是给自己留一段独处和消化的时间。当然，作为一个写作者，拿着一部相机多走一些地方是挺必要的。我做得还不够多，走得还不够远。人生虽是消磨时光，但消磨亦有道。

　　大连，大城市，小感觉。慢下来，去走一走吧。

（2012.6）

五·哈尔滨，冰雪封城

旅行真正的快乐不在于目的地，而在于它的过程。遇见不同的人，遭遇到奇奇怪怪的事，克服种种的困难，听听不同的语言，在我都是很大的快乐。虽说一沙一世界，一花一天堂；更何况世界不止是一沙一花，世界是多少奇妙的现象累积起来的。我看，我听，我的阅历就更丰富了。

——三毛

5.1 深夜哈尔滨

刺骨的寒冷，心中的温暖

二〇一二年的第一天，还未来及消化跨年的欢乐，我便全副武装从老家直飞哈尔滨。只感觉冷，但想象着缤纷的雪花、倒挂在树梢的雾凇以及松花江上的天然溜冰场，再刺骨的寒冷都无法抑制心中的兴奋。

刚走出机场大厅，就看见小徐同学特爷们儿地站在冷风中，大老远招呼一声"先上车"，我便乖乖钻进车里。一阵清新而又凛冽的冷空气让我昏昏欲睡的瞌睡状态立马精神起来。要不是小徐邀请，我大概仍缺少一份体验零下三四十度的勇气。他是我高中同桌，毕业后就再没见过，但我和他总有一份多过友谊的情谊维系着。那时候，他从镇上一所不知名的初中考入我们市里最好的高中，沉默寡言，只顾闷头学习，经常有同学欺负他，我看不过，就一身正义打抱不平。就我这性格到现在还不知好歹总誓言与"恶势力"作对。吃了不少亏，但也骄傲。只是当时的我并不知道，所谓的"行侠仗义、打抱不平"其实只为他带去更多困扰，有可能在我看不见的地方被欺负得更厉害了。还好，他成绩一向不错，人又老实，总算在忍气吞声中低调毕业，考进大学了。

六年未见，我觉得他一点没变，还是当初那个唯唯诺诺的土包子。

"冷吧！"他问。

"超冷的,不过车里好暖和。"

"东北就是这样，室内外温差很大。"停顿片刻，他冷不丁补一句："我是不是变帅了？"

车里的暖空气刹那间冻结在沉默中。三秒之后，我哈哈大笑："你还是那么爱讲冷笑话啊？"

他挠挠头，也不好意思地笑了，一如当年我"保护"他时那个害羞的样子。

车窗外已是哈尔滨的深夜，寂静空旷的街道、璀璨明亮的冰灯。如果把城市比作一个神秘的姑娘，白天我们看到的是她的上半身——风光、明媚、有理想；晚上则窥视了城市的下半身——诱惑、性感、流离失所。我一瞬间就对深夜的哈尔滨产生了亲切的好感，那部《夜幕下的哈尔滨》便是在这样的垂垂夜色下缠绵悱恻吧。

第一晚就在中央大街旁住下了，小徐耐心地帮我安顿好行李，又喋喋不休说了很多对付寒冷的"注意事项"，看我还算适应，才裹紧大衣离开。看手表，已近午夜。我从窗户望出去，中央大街早已空旷无人，几盏昏黄的路灯显得尤为寂寞。不一会儿，他从楼道走出来，路灯把他并不高大的身影拉得很长，他把大衣领子竖起来遮住耳朵，搓搓双手，一路小跑消失在夜色中。我顿时觉得，一辈子能遇到这样一个朋友，挺好。

哈尔滨虽冷，但室内的舒适是我们这些嚷嚷了好几年"求供暖"的南方人难以想象的。第二天醒来，我迫不及待地穿戴整齐准备去对面的松花江晨跑。江畔是冰雪雕成的滑梯，冻结实的冰面上演着狗拉雪橇、雪地碰碰车之类的游戏。在晨曦的照耀下，冰面上反射耀眼的光，低头似乎可见冰里面的气泡还有冰上的划痕，这一切让从小在南方长大的我兴奋异常。只是才刚刚过去十分钟，我感觉身上的热气就完全挥散殆尽，室外的寒冷一点点逼近皮肤里。我带着口罩，呼出的热气凝结在睫毛、眉毛和刘海上，瞬间结成晶莹透亮的白色冰霜，霎时成了圣诞老人，连自己都觉得有趣。

松花江畔是中央大街，这是一条能代表哈尔滨历史的大街，路上铺着圆润的方石头，在晨光下熠熠发光。哈尔滨人有着典型东北人的热情，在热闹的中央大街上，大家脸上的表情似乎不约而同地选择了微笑，所以无论你是本地人还是外地人，很容易就对这个城市产生很多亲切感。我经常在中央大街邂逅一些当地的资深摄影师，看他们随意地端起相机，肆意地拍摄迎面走来的俊男美女，而镜头里的男孩女孩们很少惊慌失措或横眉冷对，他们非常配合地微笑，甚至适时地摆起 pose，像一场狂欢节的盛宴。这

就是早已融入到哈尔滨人生活中的西方文化，他们更加开放随意，把生活看作一种慢节奏的享受，把陌生人看作好心的朋友，他们的热情是不设防的共享，是敞开心扉的接纳。这种人和人之间建立起的温暖，足以抵消哈尔滨零下二三十度的寒冷。

在马迭尔买了两根冰棍，一边吃一边在寒冷的空气中小跑，奶油的味道仿佛从舌尖传遍全身，快乐得像儿时的嬉闹。实在撑不住了，便来到露西亚西餐厅暖和一下。这是中央大

街一家很有名的俄式西餐厅，从外面看藤蔓环绕，不像饭店，更像一户安静的人家。虽然菜品难以下咽，但好在室内装修温馨，喝杯咖啡晒晒太阳也是不错的选择。优雅、内敛，这是我对欧式咖啡馆的第一印象。我崇尚一种"慢旅行"的态度，慢行、慢品，去特别的地方小憩，让旅途不那么匆忙。如果逛累了，就不妨停下脚步，感受一下哈尔滨随处可见的欧式咖啡馆。

就这样走走停停，终于等来刚下班的小徐。他不知从哪赶来，看上去冻得不轻，我们决定先在中央大街上一家名为 USA 巴克酒吧的美式乡村静吧里坐一会儿。推门进去，木质的桌椅和格纹桌布搭配昏暗的灯光和醉心的音乐，让刚才的寒冷和疲惫瞬间消失。吧台一角是个差不多同龄的女孩静静坐在靠窗的位置埋头写明信片，不知她要将那叠五彩斑斓的明信片寄给谁，但见她时而傻笑，时而思索，最后甚至默默落泪。我想她和我一样，一定有太多太多的思念想要寄出去吧。在陌生的城市遇见陌生的人，用陌生的故事充实生活，这就是旅行偶遇：总有一个世界是属于你的，总有一张明信片是为你设计的。

小徐要了一杯热牛奶，我点了一杯花草茶。

"不准备回去了？"我问他会不会回家乡。

"不回了，这边挺好的。况且工作啊、女友啊都比较稳定。"

"那是挺好的。不过冬天可真冷。"

"习惯就好了吧。"

他就是这样的人，上学的时候被欺负能默默忍受，如今这刺骨的寒冷也能默默忍受。好像这世间所有不满、不公平，他都能看在眼里然后退让一步，忍受过去。

他忽然握着杯子很认真地看着我，问："倒是你，为什么不好好找个人一起生活。"

"我一直都在好好生活啊！"

他微笑了一下，说："难道你没有害怕过吗？在你一个人的时候。"

这戳到了我的痛处："我一直在试着好好生活，但是也很害怕，年龄越大越害怕，很多时候并不清楚什么样的人才适合好好在一起生活。"

"嗯。"他若有所思，不再说话。

咖啡馆不断有人来来去去，这里宛如中央大街上的世外桃源，屋外熙熙攘攘、冷风凛凛，屋内却格外温暖，满溢咖啡的幸福香味。好像转过一个任意门，便从欧式风格俄罗斯来到美国的乡村小镇，于是整个人立刻投入到旅途的惬意之中。

晚餐的时候，小徐带我去了中央大街上鼎鼎有名的百年老店华梅西餐厅，其实哈尔滨的饮食文化深受松花江对岸的俄罗斯影响，大列巴和红肠可不单单是游客们的选择，你看中央大街上那排着长队等待美食出炉的人们，大多是地地道道的哈尔滨人；至于红遍整个东欧的红菜汤，更是哈尔滨普通人家的日常菜品。

初入华梅西餐厅，便感觉装潢非常有俄式风格，高高的穹顶、偶尔路过的俄国美女。无比纯正的西餐环境，食客们却穿着随意，谈笑风生。你说失去了传统西餐的就餐规矩？而这，恰恰就是哈尔滨人的平民西餐——吃着随意，却吃着尽兴。只是百年老店人满为患，且有名的餐厅无论在菜品还是服务上都不可能像当初闯出名堂时那般讲究，可罐虾、罐羊、软煎马哈鱼、奶油杂拌还有红汤的味道都比同在这条街上的露西亚好很多。出门在外，除了吃个新鲜，最主要是吃饱吃暖和，等会儿再走入寒冷中时能多抵挡一刻的冷风，所以一顿饭下来，热热闹闹，温暖四溢。

其实此刻，比一顿美味俄式西餐更让我感到兴奋的是夜晚的圣索菲亚大教堂。冒着夜晚零下三十度左右的冷空气，我们一路小跑来到圣索菲亚广场。其实跑步是我比较不喜欢的运动之一，但在那样的环境下却成了不得已而为之的选择，否则只怕我这样的南方姑娘还没看见圣索菲亚大教堂就要冻死在东北的松花江上了。

俄罗斯的童话充满华丽与幻想，如同眼前被灯光装饰着的索菲亚教堂一般光彩耀人，砖红色的外表、绿色的穹顶、高高在上的十字架，如果再来一点雪花，简直比童话还美。虽然仍旧冷，但更多的是激动和欣喜。后来住在哈尔滨的几天里，我又来了几次圣索菲亚大教堂，才知道原来白天的时候这座"城堡"一侧有鸽子飞舞，抬头望去，除了建筑的精美，还有因寒冷而独特湛蓝的天空。待进入教堂内部，惊觉这建筑内饰线条的简洁流畅，头顶精美富丽的图案已经斑驳，没有修复的痕迹，只依稀可见。整个教堂被布置成博物馆模样，展示教堂的过去与现在、城市里其他遗存教堂的状况以及哈尔滨一百多年的变化。有一天还碰巧遇到教堂里的老年合唱团演出。老人们一个个容光焕发，演出精彩至极。还有坐在一旁弹钢琴的人，让我想起了初中时同班那个也会弹钢琴的男孩。如果是傍晚过去，便站在冷风中，痴痴地等到晚上，看这座教堂由白天的庄严变为夜晚的迷人韵味，感叹"岁月静好，现世安稳"。

5.3 迟来的沙发客

我们相约，一辈子牵手旅行好吗

从旅行的第二天，我便成为彻底的沙发客。说起来，这些年一直都在旅行中听别人说起沙发客的住宿方式，但考虑到一人出门在外的安全问题，从来没有真真切切体验过。这次也是在小徐的帮助下找到一家可以放心置换"沙发"的地方。只是万万没有想到，我一直以为沙发客的旅行方式多为年轻人在体验，然而此行接待我的竟然是一对年过半百的老夫妻。他们热情地邀请我进屋，房子两室一厅，虽然不大，但被收拾地极为干净整洁。大爷刚从附近的菜场转回来，大妈穿着东北棉袄，拉着我的手不断说："闺女真俊啊，来东北习惯不？"那热乎劲儿让我怪不好意思的。

毋庸置疑，老俩口也酷爱旅行。大妈说，自从女儿嫁到北京之后就很少回家，他们也自得其乐，活得潇洒，趁身体好，隔三岔五出门远行去看看这个变化的世界。和他们聊天，一点都不会在年龄上有任何隔阂，老俩口的心态年轻着呢，甚至曾在旅行时睡过韩国人的"沙发"。之所以选择这种方式，当然不是因为物质上的拮据，相反，他们的生活很富余，只是想在人生过半之后还能活得有滋有味，体验各种新鲜。

老俩口的女儿不在，自然把那间房子让给我，温暖舒适，从照片到摆设到处都是他们女儿生活过的痕迹。大妈说："我家闺女是钢琴家，特别厉害，在国际钢琴比赛上获过大奖呢！"我说："那你和大爷可骄傲了。"她却回答："哎，好是好，可是闺女太忙了，一年到头也不能回家，我们能理解，不给他们年轻人的生活添乱吧。"说着，她的语气透露出心酸。我赶忙说："才不是呢，你和大爷的心态也很年轻，你们才是真正的年轻一族！"他们哈哈大笑起来，扫去思念的雾霾，开心地去做晚饭了。我在这温暖的房间里，想象着平日里如果没有年轻人的欢闹，这屋檐下一定是很冷清的。当年轻的我们在外忙碌时，那些独自在家的父母，都是如何度过每一天的呢？

　　晚上，老俩口准备了满满一桌菜，东北的乱炖搭配东北饺子，虽然简单，但整个房间都因此而热气腾腾，香味四溢。大妈热情地招呼我吃饭，我问："怎么不是在炕上吃呢？"大爷笑着说："那是电视剧才有的，像哈尔滨这样的城市，大部分人家已经不用炕了，要到郊区或乡村才可能有。"原来如此，想象中的东北和现实中的东北还是有差别的。

　　其实我在家的时候很少吃饺子，南方人过年更多吃汤圆而不是饺子，即便吃也多为在超市买的速冻水饺，比起这自己擀皮、调馅花时间包出来的饺子，味道自然差远了，时间一长也就不惦记吃了。但饺子对于东北人而言，可谓最家常的主食，所以不但手艺精湛而且花样繁多，荤素搭配，吃在嘴里浑身上下散发着温暖。然后再喝一碗饺子汤，原汤化原食，别提多满足了，毫不夸张地说，那是我这辈子吃过最香的饺子。我吃得像个孩子，老俩口在旁边看着乐呵呵地笑。大妈高兴地说："闺女，留下来过年吧，咱们东北的年味儿特别浓。"我虽然也好奇东北年味儿的意义，想陪这老俩口过一个暖心窝的年，却无奈时间和行程都不允许，只好委婉谢绝。大妈又说："没事儿，你和我闺女像，咱们有缘，以后肯定还有机会。""嗯。"我狠狠地点着头。

　　当我和这对东北老夫妻生活在一起，真切品味这个城市时，

才知道哈尔滨人的包容性格除了土生土长的必然外，与长期几
代人接触外来文化有着密不可分的关系。是当地人的淳朴、善
良和直率让我这个孤独的异乡人感受到了这个城市的热情、宽
厚与包容，所以能在旅途中认识这样一对老朋友，是我的福气
才对。不知为什么，我总感觉能从他们身上汲取到面对生活、
积极向上的养分。年轻的时候总是很匆忙，拼命和时间赛跑，
好像稍微慢下来就输给了人生，以至从未想过自己年过半百之
后会在哪里、过怎样的生活，也从未真的思考生命中能带给我
们温暖和快乐的究竟是什么。如果这一生没有一份独特的坚持
和理念，漫漫长路靠什么乐观地去面对呢？彼时如果有人陪你
去菜场买菜，再回家一起包饺子，闲时相互搀扶去旅行，定是
极好的人生吧！

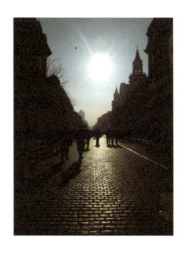

生在江南，长在江南，记忆中关于雪的印象并不很多，冬天偶尔会盼来一场瑞雪，附近的小伙伴便疯了一样打雪仗、堆雪人。后来有一年在北方过冬，才知道小时候的雪只不过是顽皮的雪，落下不一会儿就消失了，除了冷，更多的记忆是那份盼雪的心情。多少个寒冷的冬夜缩在被窝里期待第二天早起外面已白茫茫一片？如今大概因为气候变暖，漫天飞雪的场景几乎彻底成为一种记忆。于是对于北方雪域的洁白，心甘情愿为之臣服。

清晨起来，发现阳光如此灿烂，便决定迎接晚上的"冰雪大世界"之前先去太阳岛踏雪。

乘公交由市区向外开，山丘、雪屋和公园都沉浸在无风的恬静和明朗的严寒中，沉浸在耀眼的光亮和淡蓝的阴影里。进入太阳岛，一切都那么雪白、坚硬和洁净。这里的天空总是万里无云，穹顶似的笼罩着大地，成千上万的晶体在闪闪发光。阳光温暖了大地，也温暖了人心。海子在《枫》里写道"北国氏族之女，北国之秋住家乡，明日天寒地冻，日短夜长，路远马亡"，是否就如这般场景呢？半江瑟瑟半江红，也可以用来说如斯美景吧。我站在这白得发亮的雪地里，幸福感油然而生，只觉天地辽阔，虽渺小至微，却能将宝贵的生命依偎在大自然的怀抱里。不论世界多么苍白，也不管宇宙多么无垠，我都要留下清晰而浓重的背影，向着前行的方向，在雪地中起舞。

尽管我不停跑啊跳啊，但入骨的寒冷还是驱散了我身体里残留的温暖，我冻得紧缩脖子，想要继续靠奔跑、跳跃散发点热量，却无济于事，不得不躲进路边的热饮屋暖暖身子。喝了一杯热牛奶，冻僵的血液又慢慢开始回温流动了，感觉再没有什么比零下二三十度喝一杯热牛奶更幸福的事情了。

热饮屋另外一个角落是一群头戴小红帽的旅行团，都是五十多岁的人，热热闹闹，相互之间似乎已经相处很久，彼此熟悉。在此之前，我一直以为旅行就应该是孤独的，能在旅途中如此热闹，我倒是头一次遇见。如此一来，更显得我一个人安静落寞。但我仍旧认为团体旅游的压抑多过快乐，想象一下，我身处群体，任凭肉身游荡在每一个看似友好的笑容中，却无法摆脱灵魂深处的寂寞，我需要尽量合群，保持善解人意，然而若是撕开我脸上厚重的面具，你必会看见一张充满忍耐、不悦、烦躁的表情。我或许是一个很难交到朋友的人，总是与那些前来示好的路人擦肩而过，但我并不认为独自一人时都是寂寞难耐的，要说难耐的，于我而言，反倒是想 个人的时候无法一个人。分享果真是必要的吗？如果我已经能够一个人行走大漠，为什么一定要对另一个没有把握的人乞怜摇尾？如果一个人可以独自行走于世界，为什么还要深陷于自设的情感迷雾中，在精神上如此依赖那所谓的感情？

我在花了很久的时间、走了很长的路、舔了很多个伤口之后才幡然醒悟，这世间唯有孤独是自由的。我终于彻底接受生命的本质即是孤独的事实，进而慢慢学会如何与孤独和平共处。芸芸众生里，看上去我们互相依偎，但谁不是"一个人在旅行"？谁不是怀抱着未知、戒备以及恐惧，在等待生命中那个能敲醒我们的时刻？唯有那一刹那的到来，才能慢慢放下抵抗孤独的傲慢尊严，让为世俗所蒙蔽的心灵豁然开启，体悟孤独的甘美与苦楚，以谦卑之姿、柔软之心享受人生旅程。

一月初的日子里，哈尔滨下午四点多就天黑了。从太阳岛出来，才发现这里没有公交，出租也是别人事先包好的，要走很远一段路程才有车去冰雪大世界。那就走吧，那就跑吧，趁年轻，趁寒冷。人生能有几次机会在零下三十多度的极寒中放肆奔跑、热血沸腾呢？

就这样在萧瑟无人的大路上跑了近半个多小时，于我而言真是漫长的时间。此时，小徐终于下班赶过来陪我看晚上的冰雪大世界了。我跑过去的时候，他正站在路口，一边不停跳动、搓手，一边左右张望。见我冻着红彤彤的小脸跑过来，他从口袋里掏出俩暖宝宝："贴上吧。"我一看，高兴得忘乎所以。确实，早上出来的时候贴在身上的暖宝宝在这样的冷空气里不足五六个小时就几乎失效了。没想到小时候愣头愣脑的男孩长大了还挺贴心。我要与他一人一片，他却说自己不冷。"怎么会不冷呢？""我在这里待五六年了，早习惯了。"我虽然有点怀疑，

但扛不住这样的寒冷，在冰天雪地里把两个珍贵的暖宝宝贴上，便兴冲冲地去往冰雪大世界。

在他的带路下，很快来到冰雪大世界。站在马路对面，我就被这冰雕的城堡震住了。时至傍晚，太阳刚刚落下去，天空是宝石的蓝，与灯光亮起的冰雕城堡相映成趣，冰面上泛出一层金色的光彩，简直是童话的王国。走进去则更为震撼，虽然大多冰雕充满着商业的味道，几乎每个冰雕建筑前都挂上了银行或哈尔滨啤酒等赞助商的名字，但这并不影响从背面看冰雕建筑仍旧是一个童话王国。难道不是吗，如果正面的风景影响了你的心情，那就去找最适合、最优美的角度，很多时候是欣赏者自己的眼光决定了风景的味道。这世界上哪座城、哪处景是完美的？我们既然从很远的地方大费周折、克服体力的不适以及种种不习惯，带着美好的期盼来到另一个地方，就是为了看到她美好的一面。旅行就像谈恋爱，不是每个目的地都是你的心头所爱，在准备好"为何我眼中常含泪水"式的感动前，不能不先反观自己的适应能力。正是抱着这样的心态，这些年的旅行总是不断回馈我惊喜，就像眼前的冰雪大世界，虽然不是完全的艺术冰雕展，但一切仍旧如此新鲜，对于长大后就没再见过雪、没体验过极寒的南方姑娘而言，此处不就是一个神奇的童话吗？

我和小徐同学在冰天雪地里跑上跳下、乘坐滑梯，疯狂一圈过后，那股因为兴奋而被忽略的钻心的寒冷忽然将我紧紧裹住，只能再一次进到热饮屋取暖。虽然寒气逼人，但喝一杯热牛奶，看着窗外热闹的人群和童话般的冰雕，那一刻像是回到小时候过年的心情，充满新奇和幸福。

5.5 亚布力滑雪
速度与落差带来的极限快乐

冬季到哈尔滨是一定要滑雪的，这也是此行最重要的一站。小徐很早就为我订好了亚布力滑雪场的票，只等我尽情在雪场上驰骋。其实在滑雪这个项目上，我远远不敢"像少年啊飞驰"，毕竟，对于运动细胞比较弱的人，滑雪的难度和危险程度都相对较高，但它之所以有如此人的吸引力，也正在于此：这是一项极限运动，速度和落差意味着会带来更多的刺激，这才是每一个滑雪人所追寻的极限快乐。

天还未亮，我们便出发赶往亚布力。北方的冬天，大地仿佛处于沉眠状态，动物冬眠，太阳也需要取暖。冬日的阳光因此备受珍爱，任谁都不舍得虚掷这大好的时光。在红艳艳的天空中，旭日一点点从树枝上升起，我的精神不由为之一振，享受一点点变暖的感觉，走起路来也不似那样寸步难行了。两个多小时候后就来到亚布力滑雪场。从温暖的大巴车上下来，眼睫毛和齐刘海不禁结了一层厚厚的霜，走到屋里，又化成水，一天反反复复结冰又化霜，小徐也未能逃此厄运，脸上的白霜像个滑稽的圣诞老公公。

亚布力是俄语"苹果园"的意思，其实是个镇，镇里面有好多滑雪场，像我们这种级别自然选初级雪场。准备装备，做好热身，厚重的羽绒服已经换成滑雪服，反而极为保暖，一点儿都不冷。身边是一群看上去很专业的滑雪队友，三十上下，从头到脚俨然专业的装备。一问，原来是滑雪发烧友，就像我们平日在城市里见到的民间骑行组织，因兴趣爱好而聚在一起。

领头的大哥说他们这群人每个雪季都欢聚在一起，单板的、双板的互相交流滑雪技巧和经验，是全年最快乐的季节。我羡慕地看着他们，大哥又说："听口音不是东北的，会滑吗？"我不好意思地表达了我滑雪的初级伎俩，谁知大哥竟愿意教我两招，一是学会摔，二是学会跑。原来摔跤也有技巧，摔得好不但能避免受伤，还能趁机留下漂亮身

影；学会跑就是万一摔倒最重要是自我保护，不要和后来的滑雪者产生撞击，那才是最要命的伤害。没想到大哥教的这两招都在提醒我安全的必要性，虽说他的东北口音听上去怎么都有点玩笑的成分，但滑起来才发现实在有用。

一转身，滑雪发烧友已经一个个飞下去了，滑单板的潇洒自如，滑双板的在雪上优雅起舞，整个场面精彩而热烈，令人欢欣鼓舞。在这种气氛的带动下，我开始慢慢向山下滑去，心里记着大哥的指导，逐渐放松并适当加快。当找到一个适合自己的滑雪节奏，便可跟随着耳畔的风感受滑雪的畅快和速度的激情，这是整个滑雪过程最惬意的一刻：人类一直试着努力去飞翔，所以才一次又一次尝试滑翔伞、蹦极甚至跳伞这样极致危险却刺激的运动。而滑雪的某时某刻，我不也感受到了如飞翔般的快乐吗？那是一种无限放松的状态，于危险中真切体会自我的身体在上升、在降落，肉体的愉悦与精神的快乐完美结合，我们逃避日常的生活去旅行、去流浪，追求的不正是这种本能的快乐吗？

疯玩了一上午，等到小徐喊我吃午饭时才感觉确实已经消耗了很大的体力。依然是简单的东北炖和春饼，但有可能是饿了，只觉得用春饼把各式菜料卷起来味道特别棒，吃完饭整个人都散发着活力，回到零下二三十度的室外也不觉寒冷。小徐看我兴奋的状态，不停笑话我南方小孩没见过大世面，还没有从滑雪的幻象中走出来呢。确实，在南方，即便冬天也很少下雪，即便下雪也不可能有这样的雪道酣畅淋漓滑一场雪，如今在这完美的雪地里，岂不正像孩童时期一直幻想的田野，怎能不兴奋？

下午从亚布力回到哈尔滨，小徐建议我去道外看看建筑，这是极为合我心意的。浪漫主义者说起哈尔滨时，经常会称其为"东方俄罗斯"或者"东方小巴黎"。当我走在中央大街、道外老城区、果戈理大街，不但能在美轮美奂的建筑中看到一番浓浓的异国浪漫风情，更能在心头感受到这早已融在生活里的别样味道。只要能获得城市的美感，就不必拘泥于单调的建筑风格，这种理念让哈尔滨的城市建设呈现出巴洛克、新古典主义、文艺复兴等多种不同的风格。令人感到可惜的是，几年前的城市改造拆掉了一些哈尔滨真正的老建筑，取而代之的是看上去很沧桑、很华丽的新洋楼。这让我想起梁思成在《为什么研究中国建筑》一文中所说的：

纯中国式之秀美或壮伟的旧市容，或破坏无遗，或仅余大略，市民毫不觉可惜。雄峙已数百年的古建筑，充满艺术特殊趣味的街市，为一民族文化之显著表现者，亦常在改善的旗帜下完全牺牲，这与战争炮火被毁者同样令人伤心。

尽管城市的修复与重建是生命与文化的延续与生长，但旧的建筑，就应该以相应的方式存在，因为那些看上去旧旧的时光，总是能够带来温暖。所以，如果想深入感受哈尔滨的城市味道，就去道外老城区、果戈理大街逛逛吧，在这个城市的角落里，或许能够寻找到昔日情怀。

　　行程接近尾声，天空竟然飘起雪花，惊喜之余却也难免惆怅。七天太长，两千公里太远，只能遐想下一次将在何时何地邂逅雪景呢？也许不能着急，天还未亮，晨曦初露的前刻，就停留在这片浅浅的港湾，看看家园的方向，再做一个冰雪之梦吧。享受冬日阳光，享受寒冷，享受风景，享受那一望无垠多彩的白，享受大自然无人的状态，享受有炊烟屋子里主人们的热情好客，享受我未曾经历过的另一种生活。爱自己的天马行空、随心所向、随遇而安，希望自己在任何困难的情况下都能适应环境，做一个自由行走的旅人——这是我由衷的愿望。

如果你问什么是完美的旅行？我会说："最完美的旅行大概永远在下一次。"每一次旅行都是寻找的开始，我不能想象会看见什么样的风景、遇见什么样的人、吃到什么味道的食物。我只能选择在路上，寻找自己梦中的理想国度，然后欣然发现，一个未曾预料的美好世界已经等在那里。

从哈尔滨回来一个多月之后，忽然收到小徐同学的邮件。打开，看见这样一段话：

你走之后，连续阴天。在这样的地方，太阳如果不露面，大自然真是一片愁惨的景象。一团团阴惨惨的乌云，在天空中沉重地、徐徐地移动。城市显得特别空旷、辽阔。路边的大树像强打精神一样，在凛冽的北风中尽力站稳身子，时而还可听到树枝的折裂声，仅剩的几片黄叶也几乎被吹落了。天空压得特别低，整个天色都灰蒙蒙的。我每天早上从家里出来，嘴里的呼吸在寒风中好像在冒烟。有的人手上、脚上，甚至脸上生出了冻疮；有的人皮肤冻得裂开了口子。当然，我皮糙肉厚，禁冻，不怕冷。

这样持续近半个多月了，今天终于等来了太阳。随着气温的上升，大地微微有了暖气，人行道上坚硬的积雪堆渐渐由白色变成灰色，表面开始松软起来。风变得温顺驯服了，不再像严冬时那样对人类凶神恶煞似的。金黄色的太阳渐渐地开始充满生气和活力，它散发的光和热一天比一天强，时间也一天比一天长。冬去春来，夏去秋来，我喜欢这样四季分明的感觉，我想我会一直留在这里。

其实这次再见到你，让我很惊喜。你变了，当然，你说话的时候还是从前的样子，但你沉默起来却多了一份成熟的优雅和……忧愁。如果我在你面前说这些话，又要被你骂"理科生装什么徐志摩"，不过这些都是我真实的想法。

以前上学的时候，你从来不好好听课，闷头读那些你喜欢读的书，固执又任性。有一次被老师逮到，没收了书还罚站，你也不知悔改。后来我问你，你在痴迷地读什么。你骄傲地说："《悲惨世界》，名著。"哎哟喂，你都不知道你说"名著"两个字的语气多么不招人喜欢。然后咱俩就文理分班了，再后来我也读了这本《悲惨世界》，名著。我是理科生，不如你那么感性浪漫，我只记得雨果在这本书里说冬天真是个愁云惨淡的季节，把天上的水和人的心都变成了冰。可是我觉得你就像冬天——你的热情和行侠仗义就像冬天的太阳，可你的心却……时而冰凉时而寒。

一人一树一天涯，我已停下脚步，决定只欣赏日常风景。然而我希望你继续前行，寻找世间所有令人惊叹的美丽，如那苍劲老树，一直，在路上。

另外，别忘找一个能把你冰封的心融化的人。

祝好！

(2012.1)

六·云南，旅行的意义

如果你只是一粒沙，整个宇宙全部的空间都是你的，因为你既碍不着什么，也挤不着什么一般地一无所有；你面对无垠的开阔，你是宇宙的君王，因为你是一粒沙。

——秋阳·创巴仁波切

6.1 丽江

爱她的一切，包括所有的惊喜和落空

旅行对人的第一个挑战是什么？是等待。生活太现实，"有多远走多远"是电视节目忽悠人的口号，能走多远，从来都由时间和钞票决定。

为了丽江，我等了很久。

临行前，我反复翻看《丽江的柔软时光》。然而我也知道，旅人只要踏入新世界，攻略便形同废纸，指南很可能指北。但也正因如此，下一秒总是神秘而令人遐想，奇遇便信手拈来。甚至一个不经意的洋相、打错的招呼，都可以带来一场值得回味的记忆。

我不知道内心更加期待云南，还是更加期待丽江。艳遇之都，如何能够行色匆匆、来了又回？可现实的丽江古城就是满眼的匆忙，没有古城的安静，也没有艳遇的气氛。卖东西的小店倒是一个接一个，但大同小异，不觉便产生疲倦。我的记忆也许模糊了，但我的期待还很清晰。只是眼前的丽江并没有给我的期待带来些许惊喜。我只是站在茫茫的人群中，发了呆，忽然觉得：旅游不是数学题，而更像是相亲，到达目的地后，眼前的风景也许和想象的、在照片中看到的完全不一样，于是惊喜有时，沮丧也有时。但未知环境对于人体激素的调

节作用并不以人类的意志为转移。旅行，在你骚包地为第一只踩上那片土地的脚拍照留念开始，已然不同凡响。

从大水车到四方街，一条条街道、一段段小巷，很容易便在心里描绘出丽江大致的地图。地方不大，人群很多，聒噪声不绝于耳。如果真的把旅游比作相亲，丽江这个姑娘并不适合每个人。

朋友嘱咐我，在丽江不能不艳遇，不能不泡吧。的确，在丽江这样柔软的地方，如何能够不艳遇？几乎所有的旅途，艳遇都会比老妈的唠叨来得更猛烈，让再矫情的人都缴械投降。那就解开伪道德的面纱，松开伪忠贞的脚铐吧。我们就该像弗朗西斯那样，在浪漫的无可救药的阳光下卸下所有的包袱，跟着那个传说中面若雕塑、性情不羁的男人，一路闯着红灯来到海滩，品味着阳光和意大利式甜言蜜语调和而成的烈酒，坦坦荡荡地任由一捧愁眉化作一个近身、一个热吻、一夜缱绻。只是，旅游绝不止于情感的肤浅与感性，艳遇也不是每个人都有那个福气。总会有那么一些注定生来伟大的人群，和在生活中寻觅自己定位的人群，他们更愿意从这份感性中提炼升华出"方向"、"性格"、"理想"这些精华关键词。

夜幕降临的时候，酒吧一条街忽然褪去了白天温柔的面纱，开始蠢蠢欲动。几乎在很短的时间里就换好的夜妆，性感万分，媚态十足。我绕了一圈，最终选择女人都是纸老虎的樱花屋。酒吧的吵闹、酒吧的格调，以及随处可见的稀奇古怪的标语，好像时刻提醒这里的人们：尽管标新立异吧。柳荫下、柔风中，我用卡夫卡式忍耐的心境看着窗外的一切。他曾说："你不必离开住所。坐在桌旁倾听。甚至不必去听，只要等待。或者连等待也不必，只要完全静默，一人独守。世界会在你面前揭开面纱，非此不行。这世界在狂喜中自会在你眼前扭动。"我这

样想着，回过神时，已成为他人的风景。我不会喝酒，但还是选了一杯适合女生的"天使之吻"，Angel kiss 。作为鸡尾酒，这杯调得相对简单一些，甚至鲜奶油上都没有红樱桃。甘甜、柔美，浓郁又热烈，恰似爱情的模样，像天使的双唇。

夜越深，越觉得寒冷，而那些喜欢夜色的人越加兴奋。八点刚过，酒吧已开始热闹起来。有些人在放纵，有些人在疯狂，但我偏偏无法融入那样的环境。环顾四周，甚至找不到一个安静的角落，没有我爱的蓝调和爵士。这是一个适合疯子待的地方，不会发疯的人统统闪开，不喜欢这种放纵的人也该悄悄离开。于是，我喝下最后一口"天使之吻"，离开了那个欢腾的地方，低头看表，还不到十点。

也许我待的时间还不够，也许我的体会也不深。走出樱花屋，四方街广场正热闹，原来是当地的篝火晚会。大家围成圆圈，对着篝火唱歌跳舞，尽情欢乐。在这里，终于不再有冷漠的距离，陌生的面容连结着共同快乐的心情。不知是刚才的鸡尾酒让我稍稍有了点醉意，还是高原反应的症状之一，我开始有些健忘，而且忽然就健忘得很严重，我忘了旅途的疲倦，忘了尘世的苍凉，忘了一切的不愉快，只是拉着身边人的手，欢快地唱歌跳舞。

　　旅途的心境总在起程的那一刻改变，无论是丽江还是无名小镇，差别并不大。最重要的是，只要踏入新环境，管他昨天、前天还是大前天，那一成不变的生活秩序都将不复存在。即使做着同一件事，也不再是为了无聊的游戏规则。早起不是为了赶去学校，而是为了一个截然不同的日出；喝咖啡不是为了醒脑，而是为了欣赏街对面的成熟男人；花钱买醉不是为了拍谁马屁，而是为了和朋友痛快谈一夜人生。我记得书上说过"人生的意义取决于你遇见了谁"。我遇见了丽江，在这里稍作停留，感受着她白天的美和夜晚的媚，我无法永远留在这里，我也并不适合永远留在这里，但我依旧接受她的一切，包括所有的惊喜和落空。

6.2 大理

终于逃到远方，却离自己更近

我时常觉得自己已经很幸福，偶尔还是会被周围的环境和生活的快节奏逼迫，然而踏入大理的第一步，所谓的压力完全不存在。这里的空气和微风似乎都饱满起来，神清气爽。心境上的轻松感让我的脚步变得飞快。好像有人在等待我，在丽江、在大理、在西双版纳呼唤着我，用神秘的故事引诱我。我必须疾步前行，我已经迫不及待。

于我而言，每次旅行我都希望是对自己更深一步的探索。像是在泰国的静修冥想：住在设施简单但干净的房间里，没有空调，只有懒洋洋的电扇在摇头晃脑。低矮的床铺上一个薄薄的垫子。甚至不允许阅读和写字，电脑、电视、手机更是无从谈起。除了在规定的时间里可以和老师探讨静修事宜外，是严格禁语的。这样才能达到最好的静修效果，才是面对自我的旅行。佛教就是一种自我的体会，当我能够放下一切，就会开始注意到以前被忽视的生活中点点滴滴的趣味，也让我真正开始领略内心的平静给人带来的莫大喜悦。这时才发现，此前的我们之所以不快乐，就是因为过于把注意力集中在外界和结果，反而不再窥视自身。

每到一个地方，我都习惯抬头看天，很久都不厌倦。如果是白天，我可以看蓝天白云；如果是夜晚，那就可以看夜色星辰。尤其在云南，天空总是像被真空过滤过一般纯净，很容易就着了迷。有一次在夜班航空上，天气晴朗，我头一回看到那么多、那么闪的星星，整个天空宛如夜海，每一个星星都有不同的形状和颜色，尽管它们挤在一起，但仔细看就会发现明亮亮的闪烁中时而多一些粉色，时而多一些藏青，忽而一变又成了暗黄。数不清的小家伙们躺在宇宙中，好像在尽情享受着它们的个人秀。尽管黑暗，可是它们并不寂寞，在黑暗中跳舞，彼此眨巴着眼睛相依相偎，是很快乐的吧。

　　来到大理是清晨七点，一天之中我最喜欢的时刻，安静、人少，所以有足够的空气做深呼吸。可是大理的七点钟天还黑着，像是家乡凌晨五点左右的样子。有点凉，却也不冷，刚好我喜欢的感觉。尤其小风吹在脸上像是紧紧抱住一大把棉花糖，柔和、甜蜜又幸福。没有海风的黏答答，也没有内陆风的干燥和冷漠。这样的晨风是对旅人最好的迎接。

　　我看着天色一点点亮起来，看着天空的颜色变浅又变蓝，真好，终于逃到远方了，没有人认识、没有人打扰的远方。我的开心或者不开心都不用隐藏，我的情绪和疯狂也不用再伪装。我可以说话，也可以沉默，可以大笑，也可以沉思。总之，我来到远方，却好像离自己更近了。

　　我去大理古城，逛洋人街，吃特色小吃饵块和豆腐皮包肉，看蝴蝶泉，坐游轮。当一米阳光洒在海面上，清澈的蓝天倒映在海水中，我坐在船上好像忽然间释怀了一切。我什么都思考不成，只能放空，但这种放空的状态却强化了我的喜悦。我总是很容易就兴奋得像个孩子，一点点快乐都能笑容满面。然而我知道，当我微笑不说话时，其实内心才是最平静。我不一定在回忆什么，但肯定享受了当时的美好，而这种美好，常常被我们快节奏的生活所忽略。

6.3 玉龙雪山

贵人到，雪山笑

听说我选择去玉龙雪山，当地的朋友一半羡慕一半提醒地说："雪山是个很美的地方，但并不是每个人都能有幸看到哦。"的确，玉龙雪山还是一座处女山，曾经有人试图征服她，却不幸在半山腰遇到雪崩。从此再也无人得以探究雪山顶处的神秘。随着季节和阴晴的变化，雪山也许展露她的全貌，更多的时候犹抱琵琶半遮面，当然也可能完全被笼罩在浓雾中，隐隐约约。

清晨五点半被闹钟叫醒，虽然困意浓浓，但想到即将抵达寒冷的雪山，我还是兴奋异常。说好来接待的纳西族哥哥六点半准时出现在宾馆门口，皮肤黝黑健康，老老实实的样子，很难得才露出不经意的微笑，为人可亲，脾气很好。我们向着雪山出发，此刻的天空还没有丝毫泛白的意思，空气有一点点凉，心里却热乎乎的，满是力量。

纳西族哥哥话不多，简单介绍了玉龙雪山的大概。他不说话的时候，我便陪着他一起安静。我明白，话不多的人往往思考更多，或者属于他的故事也更多。如果他愿意沉默，那也

是性格的一部分，并且是我完全能够理解的一部分。就这样，我们开着车一路奔向雪山脚下。纳西族哥哥时不时看看天空，然后似乎自言自语地说道："今天天气不错，应该能看到雪山。贵人到，雪山笑。"我听了，也默默抬头看向天空，稍稍透亮的夜幕中还有几颗不甘心天明的星星眨着眼。那种安静和祥和，带给我不曾体会过的心安。

转乘环保大巴、云杉坪索道及电瓶车之后，终于完完整整看到了雪山的真容。我甚至不敢发出任何感叹，生怕惊醒了这自然界最纯真的美好。白云薄雾围绕着这座神秘的雪山，意犹未尽感受她的美好。山顶已经接近零度了，可兴奋了好一阵才感觉到自己手脚冰凉。不一会儿，短到我一眨眼的时间，阳光便洒在了远处山顶的皑皑白雪上，晶莹透亮，如闪烁的银光。峰顶染着晨曦的光芒，让寒冷的地方都显得温暖。

阳光、雪山、牧场……这大概就是康德所说的崇高感之一吧。美的事物无处不在，它们可以表现在对象上，但崇高只能表现在主体的心灵上。当我面对这样的玉龙雪山，不知为何，既引起崇敬的力量和气魄，又引起一丝丝恐惧。她势必有什么巨大的威力，而这份力量又不会对我产生一种支配力。我的心中必须有强大的抵抗力，从而带来一种勇气和自我尊严。那浩瀚的天空、一望无际的大海，还有这性感神秘的雪山，都是大象无形的崇高感。

　　我沿着山路返回，三步一回头留恋地望着雪山。因为调皮的云雾，雪山几乎隔一会儿变换一个样子。每一面都美，每一分钟都媚。当我回到雪山脚下，蓝月谷、白水河也已经静静换好姿态，等待每一个欣赏美的眼睛。那时候，我觉得再美的词语形容这样的场景都不免乏力，就好像刻在心里的东西落在纸上总会稍显肤浅。我只能再次回头，再度放空。全身心和美得不自然的大自然融合在一起。

"美丽的西双版纳，留不住我的爸爸……"这首歌是我对西双版纳的第一印象，也是唯一印象，所以自然而然，西双版纳先入为主的给了我悲情的感觉。

从昆明到西双版纳，足足开了六个多小时的夜路，抵达景洪时已经深夜两点。一下车，便感觉气候变了样。在昆明、大理、丽江的几天，让我已经习惯了一天如四季的变化，往往是中午二十多度穿着短袖，晚上就接近零度大衣长裤。此刻已是深夜的西双版纳却依旧暖暖，我伸个懒腰，投入在这热带雨林的氛围中。

　　和朋友约好在西双版纳的景洪相见。这是一位比我更爱旅行的大男孩。几年前，大学刚毕业的他选择西双版纳作为自己的毕业旅行，没想到从此竟爱上了这片雨林，一发不可收拾在这里寻觅、探险，同时也沉淀了浮躁的自己。他常常回忆第一次在雨林中看到野象的情形："那感觉就好像来到了侏罗纪公园，惊讶于世界上真的有这样多姿多彩的世界，生活着那么多千奇百怪的生物。"从此他决定留在这片雨林，同时用自己的微薄之力做着与之相关的环保工作。

　　我们去野象谷看大象喝水，体验黑乎乎的长臂猿从身边疾驰奔过的刺激，乘坐高山索道俯瞰一整片雨林，好像进入了Discovery 探索频道，所有关于热带雨林的电影齐刷刷从我脑中掠过。眼前的一切对我来说都如此新奇，就连朋友也和我一起欢呼，尽管这些是他早已熟悉的风景。热带雨林中的西双版纳很快显示了它的热情，我好像重新回到了夏天。穿在身上的外套一件件脱掉，最后只剩下薄薄的 T 恤。想到昨天还在雪山下棉衣紧裹，我忽然很开心，不禁在潮湿且神秘的雨林中大喊："Hello，夏天。"就在很短的时间里，我爱上了这儿的蓝天白云、空气和节奏。

　　闲聊中，我问他："想念大城市吗？""偶尔会吧，但这里更适合我。"看着他笃定的眼神，我真为他高兴。其实我是多么羡慕这些能够放下一切，背起包一直行走在远方的人。他们大都穿简洁的衣服，带上书和思想，吃一些干净的食物，关注阳光和人，随性地生活着。遇到喜欢的地方就住下来。享受时光里的每一分每一秒，看小说，喝啤酒，听音乐，或者发呆。除此之外，什么都不做。那些背包客从来没有什么怨言，无论疲惫、孤独、无眠，他们心中似乎完全掌握自己要的是什么，因此不用被打扰，也不去打扰谁——我羡慕的正是这种状态。有些人辛苦地打工，存够了旅费，辞掉工作，背着行囊开始行走，有些人从未曾走出自己的城市，满足于生活的现状和表现，舒适和稳定，才能够给他们安全感。每个人都有权利选择自己的生活方式。也许，人根本就是被拘禁的，从未曾得到权利决定自己的生活。

有人说，在背包客浪漫的梦想中实则隐藏着致命的脆弱。当行走已经变成一种惯性的时候，就不再对世界产生好奇，而这样的旅行也永远无法结束——那又怎样呢？日复一日、年复一年又怎样呢？外在的荒诞和内在的冷静，造就了黑色电影一样的旅行故事。从不嘲笑任何俗套，从劣等趣味里找到良好的审美，用幽默夸张的享乐主义来摆脱生活重负——说到底，这是一种生活的态度。

朋友很耐心又热情地开始介绍西双版纳。如今，这似乎也是他工作的另一部分：等在这个安静的地方，陪伴有故事的旅人，向他们介绍最真实的西双版纳，然后度过一段快乐的雨林生活。他说，因为他爱这里的生活节奏，他慢吞吞的性格没办法在大城市安心，他愿意待在这里，并且真的爱上了这片土地。这的确是一片容易让人动心的地方，否则我又怎会才刚见面就酿起离别的忧愁？

6.5 湄公河

繁华易苍凉，贫苦生悲悯

　　早晨七点，在舒坦清新的热带雨林空气中醒来真是件惬意的事情。离住所不远处就是乘坐游轮的景洪港。趁还不算太热，赶快朝湄公河出发。

　　这是我第二次畅游湄公河。广阔而平缓的河面，好像一直延伸到属于太阳的那个地方。因为一点点阴天，天空只有灰色、厚重的云层。空气潮潮的，温度也刚刚好。九点半，太阳还没有充沛的力量冲破云层，只是在云缝间露出微弱的亮光。河两畔一会儿呈现典型的热带风景，一会儿貌似河流冲刷的大平原。偶尔有白色的飞鸟低低盘旋，然后掠过雨林，飞向天边，直至不见。

　　我想起那一年在泰国，也游了湄公河，那一个河段远远没有此刻视野的开阔和河面的冷静，只不过一条普通的河流。甚至现在回想起来，能够记得的，只是一种莫名的花香和架在水面上的木质房屋。住在里面的是真正生活在贫苦中的人们。他们挤着一张破草席睡觉，像昆虫一样活着。我坐在小小的轮船上，偶尔能闻到一股类似发霉的气息。那时候，我一点都不想久留，因为我什么都做不了。我只是一个旅行者，至多用照片拍下一些镜头。甚至最终无法拍照，我不愿意用镜头对准那些苦难中的人。他们无辜而不自知的眼神，让我觉得惭愧。我什么问题都解决不了，施舍也不可以。他们每天用新奇的眼光，打量着来自世界各地的旅客，而我只能沉默地转身离开。他们不曾脱离过贫困，但和自然相融相近——这样的贫穷，几乎就是宿命。

　　太过繁华的地方容易让人感到苍凉，太过贫苦的地方又让人心生悲悯。湄公河畔始终存在一种不咸不淡的哀伤。从中国到老挝，从越南到泰国，湄公河养育了两岸的人们，也局限了他们的生活。

　　转一个弯，湄公河就开始奔流不息；再转一个弯，又恢复了平静。眼前出现茂密的椰树林、摈榔树，偶尔还有在河边饮水的牛。船靠岸，我跳下甲板。回头看看湄公河，还是那样的冷静。原来，我又走了那么远。

　　几年前，我还并不擅长用照片捕捉瞬间的美丽。因为旅途的颠沛流离，很多印象深刻的场景都没有被留进照片中，还好我有纸和笔。我并非专业，大多时刻，我只是一个刚好路过的女子，用我的心情记录那些情感。我相信，这些都是时光曾经真实存在的印记。我必须记下来，毕竟，任何生命都是一段看不清终点也无法有归途的长路。

　　很多时候，一个人选择了行走，不是因为欲望，也并非诱惑，而是为了听到自己内心的声音，为了遵循自己内心的声音。一直走，不停地走，最终将发现，这过程原来是一种趋近圆满的追逐。

6.6 邂逅

卸下心防，接受旅途中的陌生人

　　我很难在旅途中结识一些人作为同伴。也许因为有时候看上去难以接近。我好像一直在忙自己的事，低着头，看远方，不知道在想什么。我会尽量避开所有的目光，哪怕那些眼神再灼热。实在躲不开时，我也会报以微笑，小的不能再小的微笑。我想起一个朋友曾用村上春树的话来形容我的这种微笑："妩媚固然妩媚，但那是局限在一定时间和范围的微笑，外围有肉眼看不见的高墙。那微笑不会将任何人带到任何地方。"不过，我想要的就是这种不被打扰也不去打扰谁的状态。

　　尽管如此，我还是要回应无数倔强的打量和偶尔的搭讪。

　　"Can you speak English？"对面坐着一个大叔级人物，犹犹豫豫地对我说了第一句话。虽然中、日、韩同属亚洲血统，但看得多了，明显可以分辨得出这位头发卷卷、眼睛小小的大叔是韩国人。

"Yes. Can I help you？"
我简短地礼貌一下。

　　大叔听到这句话忽然开心得像个孩子，脸上兴奋的表情和神态跟他的年龄真的很不搭。难道每个人的心中都藏有一个长不大的小孩？

　　他唧唧呱呱开始讲韩语，那声调又冗长又拐弯。我一头雾水地告诉他我听不懂韩语时，他才有些失望地知道我并不是韩国人。失望归失望，能找个可以沟通交流的人，大叔还是很开心。他又开始讲磕磕巴巴的英语，说他们一行三个韩国人来到中国云南，不懂中文，英语也不好，不甘心请导游，竟也勉勉强强游下来了。他说一路上遇到很多人，发生很多趣事，好想与我分享。我转身看另外两位大叔，像是两个随从，又像保镖，更像韩国电影中典型的杀人犯。三个人一起，倒像是神秘的微服私访。不过，我很想用茫然的眼神让大叔安静下来，奈何他的话匣子已经打开了。大叔拿出票根，才发现我们是一辆车。检了票，上了火车，大叔的兴奋依旧不减，他又拉着我开始讲韩国的历史、风土人情、美食美味。听到美食的部分，我有点经不住诱惑，支起耳朵还咽了口水。寿司、韩国泡菜、拌饭……任何一个热爱美食的人都无法拒绝韩国料理吧。所以他开心地介绍，我听得津津有味。毕竟这也是旅途的一部分，关于偶遇和邂逅。反正下了火车，一切重归陌生，我们都是陌路。

　　我不知道有时候是不是应该要试着卸下心防，用好意坦然接受一个陌生人，去相信他们的微笑都是真诚的，他们的热心也是单纯的。或许他们和我一样，希望在旅途中遇到知音，然后交换一些故事，交换彼此多彩的人生。可是不行，再熟悉的人都隐藏着原本的自己，更何况没有缘由的路人甲呢？我还是只能保护着自己，围起一面透明的玻璃墙，尽量去感受旅途中的喜悦。

6.7 远方

愿抵达任何地方，只要它在我的世界之外

本打算在昆明转机，却忽然舍不得离开南方的这片天。我想要稍作停留，便在一个闹中取静的巷口找到安静的旅馆住了下来。很多人在异乡都会有睡眠问题，我不但没有，反而睡得更沉更香，很快就可以适应白色的、单调到极点的床单，往往来不及思考更多，就进入梦乡。醒来后，窗外已经是城市特有的颜色，和往日一样沉寂。与我想象中的昆明不同，天空混沌一片，既分不出白云，也看不到蓝天。路上的行人表情平淡，生活一如既往。消失的人不见了，时间就会迅速填平一切，像海水终将覆盖地球所有的凹陷。

我出门，大部分都毫无目的，就是一个人在大街上走来走去，走累了就跳上一辆公交车，看窗外的风景。我喜欢乘坐公交车，尤其是在一个陌生的城市，置身人群中，保持独立。走走停停，只是想要用心观察眼前这个陌生的世界——也许它所拥有的平凡与无聊，就是丢失已久的纯真与知足。我喜欢流动并且疏离的状态。旅途、街道、火车、候机厅，我总是能轻易就在这些地方找到身心的满足与自在。

我去吃桥香园过桥米线、凉米线、豌豆粉、稀豆粉油条、烧豆腐、越南小卷粉、冰粥，甚至活脱脱的猪脑子。整整一天，我就只有走走、停停、吃吃，休息够了继续走走、停停、吃吃……直到再也吃不下，最终心满意足地在夜色中走向酒店的方向。我一边消化肚子里十足美味的东西，一边意犹未尽回想这十几天的生活。

我忽然想起忘记了买明信片，在丽江应该要选几张精致的明信片的。尽管不知该在明信片的背面写些什么，不知可以写给谁，也不知该寄向何处。尽管……还是想要为自己留下些纪念——我好像特别喜欢纪念。

在云南一直都没有看到日落，我刻意在街上逗留了很久，还是没有看到日落。我看过一本书，说是最美的日落，也许就是应该在很少的机会里被很少的人看到。它应该神秘而出没无常。

那样的话就可以写一篇小说，小说会有这样一个结尾：一个没有看到日落的人、一个无法实现的约定。谁叫我们的生活原本就是为了期待而延续，为失望而忍耐呢。像仓央嘉措的情诗，佛曰：

> 万法皆生，皆系缘分。偶然的相遇，蓦然
> 的回首，注定彼此的一生，只为眼光交汇的刹
> 那。缘起即灭，缘生已空。

我感受着自己一点点远离云南，回到熟悉的家。如果给我无限的时间和零度的牵挂，我的旅途还会很长很长。我想从云南直接进缅甸，然后辗转老挝、越南甚至尼泊尔。这些都有我在杂志上翻看了很久、向往了很久的美丽。我想，旅行之所以美好，是因为一直在行走。在云南的这些天，由高原反应引起的耳鸣经常发生。如今即将离开，耳朵已经舒服很多，心里却疙疙瘩瘩，离开一个天堂般的地方终究会有万般不舍。罗兰·巴特在《恋人絮语》中写

道："当我感到自己即将离开她时，我的冷静给痴情罩上慎重的假面，至少看上去平静、坦然。但要想完全掩饰情感是不可思议的。这并不是因为我太脆弱，而是因为很多感情从根本上就是给人看的。掩饰必然要被察觉，我想让你知道我对你瞒着什么，这就是我必须解决的一个难以把握的悖论；我必须同时让她知道又不让她知道，我要让你知道我不想流露我的感情——而这正是我要传达给你的信息。"

我对自己喃喃自语："再见，云南。"是啊，我带不走一片天，取不尽万朵云，属于回忆的东西就是要安静待在那里才是，必须等待的时候，就只能等待——这是命运吧。还好，这一路上我听到了无数的故事。我喜欢倾听。是谁说过，人就一辈子，读别人的故事就等于过了两辈子，读更多人的故事就是更多辈子，生命的厚度因此增加。之后才知道，原来我并不孤独，原来每个人是生活都很琐碎。

我总是对他乡满怀希望，似乎远方有一声声或慵懒或干脆的召唤。甚至，我宁愿漫无目的地乱走，就像波德莱尔喊出"任何地方，任何地方，只要它在我现在的世界之外"一样。庸常如我们，心其实并没有那么高那么远，只是知道，在这个世界的某个角落总有间红顶白墙的屋子会让自己驻足，产生在此度过余生的强烈念头，一切嗟叹和梦想皆在前方未知的路上。对于远方，或许我们都会有点执念。执拗的想要自己看个究竟——其实不过是一点点的执迷，于生活而言微不足道的执迷，于生活而言随处可见的执迷。

旅行，就是要一直走，一直走，不说话地行走，而且走得越远越沉默。在远方，我不用再带着自己的历史和过往，甚至可以一切重新开始。所以我对旅途上瘾，会非常用力地记住我去过的每个地方——这就是我在云南找到的旅行的意义。

（2010.11）

七·亲爱的，我在西塘等你

有人说，不要轻易去西塘，因为她的柔情会软化你所有的血气方刚。

踏进西塘的青石板路，深吸一口气，就发现这里的空气和微风那样饱满，令人神清气爽。斑驳的墙壁像是在喃喃细语地诉说江南水乡的故事，小雨淅淅沥沥，青石板路被雨水冲刷得干净明亮，木质的建筑让心情更加沉静。如此这般的柔情立刻融化了我在城市中的紧张和焦虑。

忽然，一个悠闲的姑娘闯进我的镜头。她有一份独特的气质，清澈的眼睛好像一潭深水，让你一个不小心就会陷入其中；偶尔认真抿着嘴唇，大概是在思考什么。白皮肤和薄嘴唇显示出其良好的教养和刚强的个性，但牵动全身的细微表情变化却又表明她骨子里全无戒心的单纯。那是一份"初初见你，人群中独自美丽"的惊喜。她很认真地摆弄手中的相机，时而皱眉，时而调适。我不禁拿起相机，将她的种种神态定格在镜头中，不知不觉走过去，试图寻找她每一个侧面的美丽。她看见了，先是惊讶，然后从容地笑笑。

"一个人吗？"我走上前去问。

"嗯。你……在拍我吗？"她问道。

"是啊。但我其实在拍一份独特的气质。"我回答。

"可以看一看吗？"她非常礼貌地问。

"当然可以。"

我把相机给她，她一张张翻看照片，表情从惊讶一跃变成羡慕，好像小时候看到同伴在玩弄你心仪很久的手帕，你知道那是别人的，但又恨不得自己也能立刻拥有的心情。

"拍得真好。我刚玩相机，很多东西还不会。真想跟你学习学习。"她谦虚地说。

"那就一起走吧，一边玩一边拍照。咱们……算是结伴啦！"

她想了想，从游离的眼神中看到一闪而过的犹豫，不过很快便答应下来。就这样，我们两个原本独自旅行的人有了可以分享小心情和小故事的对方，这会不会才是旅途中最大的惊喜呢？就在那些一生也许只得初见的地方，我们的心房总是能被轻易打开，快乐就像说声"你好"一样自然。丢掉地图，不牵绊、不勉强，就这样淡淡地结伴而行，到了路口用猜拳决定方向都能成为一种游戏。

在西塘，行走是一种享受。雨后的一米阳光洒在青石板上，隐约几朵白云倒映在水洼中。她收起红色的雨伞，调皮地看着天空，像一个舞动的精灵，如孩子般天真纯净。这简单的小快乐不禁让我想要控告生活夺走了我的天真无邪，使我变得思想复杂。尽管我并不否认生活同时提高了我的思考能力，教会我更真实地看这个世界，不再对这个世界抱不切实际的期望。但是，如果这改变同时让我逐渐世俗，庸俗不堪，甚至看不起别人或者自己，所谓的"真实"又有什么用？究竟到什么时候才能发现，支撑这一切的，只不过是虚假的自豪感呢？

一路走走停停，她用心观察眼前这个陌生的世界，我用镜头记录有关她的世界——也许这一切的平凡与无聊，就是丢失已久的纯真与知足。累了，我们就找个茶馆，坐在靠窗的位置，继续凝视江南的烟雨朦胧。她还是话不多，但一直微笑着。脸上时刻挂着笑容的人，大概分为两类，一类是生活平静到令他们无欲无求，而另一类大概是生活里充满太多变数，这变数令他们提不起任何欲望，也不敢多奢求。我想，她属于寡淡如水的第一类。

"喝茶吧。"我对她说。

"谢谢。"她接过杯子，又继续看向窗外。

窗外有匆忙的游人，也有安然生活在此的居民。我们属于什么呢？不慌不忙地行走，小心翼翼地体会，就连雨后的水洼也能激起一阵欢乐。我们就是这样的同伴，否则也不会在陌生的地方经历这样美丽的邂逅。卡夫卡说："你不必离开住所。坐在桌旁倾听。甚至不必去听，只要等待。或者连等待也不必，只要完全静默，一人独守。世界会在你面前揭开面纱，非此不行。这世界在狂喜中自会在你眼前扭动。"我这样想着，回过神时，她正安静地看着我。

"你认为……"她停顿一下，抿着嘴，好像在思考要不要对我这样一个并不熟悉的人说点什么，"你认为，爱情只是勇敢者的游戏吗？"

我愣了一下，没有立刻回答。她又转向窗外，好像在自言自语地说："如果是，我在想自己是哪一类，我勇敢吗？不知道。我看不见勇气的存在，就像我们都看不到自己的鼻子。我不怕老鼠，也不怕虫子，比起别的女生，我很勇敢了，但是我害怕蚯蚓和雷电，怕失业和失恋。你看，我似乎注定是个胆小的人。前男友说喜欢我的善良，但是善良是另一种东西，它和勇敢与懦弱无关。在这个世界，我没什么成果，在这个季节，我失去一切；在这个年龄，我的阅历很浅很薄。"

毫无疑问，我眼前是一位刚刚经历过爱情苦痛的小女子。她爱过，爱得虚妄而隐忍，甚至纯真。看着她优美和忧郁并存的侧脸，我说："有一些人，这一辈子都不会在一起，但有一种感觉，却可以藏在心里守一辈子。"其实我知道，无论我当下说什么都不可能于那时那刻宽慰她，因为我分明闻到她周身的空气里都还装着往昔的味道。

又是一阵沉默，她说："我的朋友都说我头顶戴着失恋的光环，离很远就能感受到我卑微的失恋气息，把情绪都惹坏了。我只好假装，所以才逃到西塘，清净两天。别人都说这个古镇美，确实美。"

我在她身后听着，心想："多么坚强冷静的女孩，原来她脸上最初深深吸引我的竟是失恋的痕迹，但那样的轮廓却很美。"恋爱本就是一场重感冒，她却支撑着勇敢不让别人知道她的伤。也许她的上一段恋情正像西塘这场没有波澜却一直荡漾的花瓣雨，不深，滴滴答答令人绝望。绝望的爱情，不会用眼泪写的诗去缅怀；绝望的爱情，是想哭却哭不出来。

我知道，那时候讲任何话可能都是唐突的，但还是忍不住说："年轻时候的爱情，就像我们面前的这盏茶，你可以说它是一件艺术品、一份感觉，也可以说是生活必需品，用来解渴。你可以说它甘甜滋润，也可以说它苦涩性寒。你怎样看待它，它就回馈给你怎样的味道，不是吗？"

她点点头，强装微笑的样子："可是不管哪种味道，这茶一样的爱情终究消失了，连同气味、色泽、感觉，统统消失了。只有孤独和遗憾还在，很长时间的孤独，用一杯茶的时间来丈量远远不够。"

是啊，爱情消失之后的无力感是无法逃避的，微笑和幸福似乎永远都带着刻意的气味。爱情走失了，迷失在都市森林里，路上的陌生人群忽然如洪水猛兽般出现，令人窒息。生活像掉落在地上摔碎的酒杯，支离破碎，无论怎样收拾都遗留着残渣，那就让它们散着吧。夜晚总是漫长，失眠的痛苦让人不知所措，想披件衣服在阳台看星星，它们也只不过偶尔出现，一旦出现便能形成片刻的温暖。没有命中注定也没有意外发生，爱情消失了，怎么假装都会显得刻意，还不如说一句类似于"忽然很想你"这样的话，让人觉得真实可信。暂时忘不掉的就用力缅怀，暂时无法面对的就丢给时间。失去一段爱情之后，唯独时间是我们最亲密最忠诚的伙伴。这也曾是我的经历。

一个慵懒的下午就这样度过了，我不知道她为什么会对我说这些，也许世界上真的存在着一种叫作信任的东西。尤其在旅途中，这种人和人之间的信任感总是忽然降临，我们会莫名其妙相信一个并不熟悉的旅人，会告诉他很多很多的事情，甚至这些事情有可能是你平日生活话题的禁区，连身边最好的朋友都没有说过，但是在路上的那一刻，信任让一切不可能悄然发生。然后才发现，完完全全相信另一个人，感觉竟然那么好。

每天与数不清的人擦肩而过，不同的故事在人群中发生、发展、枯萎和死去。故事终有结束的时候，甚至想不明白结局。就像身边这些擦肩而过的路人，在错过的一刹那，我们就应该明白，纠缠没有尽头，只会徒增混乱，陷得越来越深，把清醒时应该获得的快乐都隔离，以致让生活难以为继。我想，她和我一样，想要的并不是天晴。天晴了，还有阴天的时候。我们只想要一件衣服，暖暖身子；想要一把伞，遮挡风雨；想要一个创可贴，盖住痛得麻木的伤口。当然，也想要一份爱，可惜爱已经逝去，剩下的唯有怀念，并最终在怀念里将那些过往一点点忘记。

我和她各自看着窗外的雨，想着自己的心事，再没有说更多的话语。沉默是好的，能够共享沉默的两个人，即便没有语言也能使灵魂发生沟通。我在心里反复回味着她的诉说，那种轻声细语、那份甘甜滋润，想必是雨后的纯净带给她内心的感触。"真是一个干净的姑娘。"我心里想着，抓紧拿起相机，记录下她纯净的一刻。

短短两天的结伴而行最终结束在西塘的落日余晖里，除了那个雨中的下午，我们始终没有刻意说太多话，却培养了一份奇妙的情谊，甚至默契。

"谢谢。有机会再见。"

"会再见的，因为你已经在我的镜头里。"

看着她转身离开的背影，我最后一次为她拿起相机拍摄了一个背影——我终于完完整整记录了这个勇敢纯净的姑娘。

还有什么风景比这旅途中的邂逅更加美丽吗？

　　出于信任，出于对孤独的需求，大部分时候我很难在旅途中结识一些人作为同伴。我们都不知道，缘分会让我们在何时何地与谁相遇，这种相遇又会产生怎样的连锁反应，以致影响一生。唯独去相信，相信下一秒总是神秘而令人遐想，奇遇便可信手拈来。

　　风景总是覆盖风景，人总是忘记人。我们不能生活在绝对的独特性中，也不能生活在时间的不可逆转性中，但我们可以去追忆，可以怀念，可以在旅途中用镜头记住这美丽的邂逅。

(2011.12)

八·私享姑苏

对于之前去过的地方，总有一种故地重游的亲切感。再去苏州，早已不挤观前街，不去园林晒太阳，不在苏州乐园冒充大龄儿童。若想了解一座城，总要肯花时间去那些小街小巷走一走。平江路、山塘街，还有好多不出名的街巷，都值得慢下来好好沉淀。可能是邂逅有趣的人，可能是遇到有趣的事儿，也可能波澜不惊度过一个上午、一个下午、一个傍晚，但不出去走一走，又怎会知晓？

　　每每看到路边猫咪走路的姿态，我都能想到流浪二字。流浪这两个字确实符合猫儿的性格。对大多数人来说，流浪充满了不切实际的轻狂和过于浪漫的幻想。流浪的目的，好像就是要和三毛一样，跑到遥远的撒哈拉沙漠，同俊美的荷西谈一场刻骨铭心的爱情。但流浪其实也可以不用花很多的钱，跑去很远的地方，和帅气的外国人谈恋爱。流浪，是你的心态。你的心在哪里，就应该走到哪里，流浪也就伴随你到哪里，所以我喜欢在旅行的时候不走寻常路，选一些偏僻的巷口，看看巷子里的人们都过怎样的生活。这个寻找的过程不经意间拉长了旅途，拖慢了脚步，但总会有不曾预料的惊喜在里面，于是成为最有诱惑的行走方式。像一只不紧不慢的猫咪，在干净的白色长椅上晒太阳。你说，它是否能领悟到那时那刻的幸福呢？

　　正值一年中最热的酷暑，白天的平江路上游人稀少，多数是住在当地的居民。大爷大妈坐在岸边的摇椅上乘凉，或者在河边洗衣服。那种接地气的生活场景，看起来特别踏实，好像只有度过颠沛流离的一生，才有资格享受晚年这样宁静的一天。

　　七月盛夏，我熬不过骄阳，只好躲进路边一家低调的咖啡馆避暑。其实苏州的平江路已经成为一个时尚小资、小文艺们的聚集地，这里有两家猫的天空之城，无数咖啡馆、小酒吧、创意店，所以在如此缤纷的选择中走进螺壳可谓纯属意外。或许源于一只猫咪，或许只是缘分。螺壳是一家自制手工冰激凌的店铺，店铺窄而狭长，生性不爱冷饮的我如果不是在那样一个炎热的下午，在那样一个巧合的瞬间看见一只慵懒胖胖的白色猫咪，是无论如何也不会主动走进去的。当然，仍旧没有冷饮，而是一边冒汗一边喝了杯热气腾腾的蓝莓茶。与闲在一旁的年轻老板聊天，才知道这个小店的成长历史。他不紧不慢地说："螺壳是一家什么样的店呢？其实我们有很多想法，有的已经实现，有的正在实现。但最重要的是，我们爱这个古老的城市，爱平江路这条古老的街道。客居苏州，每天都有意外惊喜，苏州给予我很多生活中的不可能。"是的，如若在上海开这样一家店面成本太高，所以作为上海后花园的苏州平江路的确是不二的好选择。白天卖自制手工冰激凌，晚上在二楼靠窗的沙发喝一杯小酒，或许兴致来了，还可以听着爵士，把酒言欢。这情景让我想起九年前的阳朔西街，我仿佛在那里遇到过相同的场景，只是那时不懂喝酒，因为那时还没有离愁。

　　大隐隐于市，这同样是我们很多人都喜欢的生活。居住在别人的城市里，看游客来来往往，走了又回。谁都不曾留下，谁都无须留下。来过，看那一面满是票根的墙壁，陪两只安然自若的猫咪玩一会儿，时间就这样过去了，记忆恰巧这样留下了。

　　傍晚，从螺壳走出来。夜幕已经降临，天空经过短暂的宝石蓝之后转而进入典型的江南的夜。褪去了白天的酷热，游客也在此刻陆陆续续多了起来，平江路在一片江南的灯光幻影下呈现出另一番面貌。白天的咖啡馆换个招牌成为小酒馆，低调的店铺开始大张旗鼓地营业。一切都好像变了样子。唯独当地的居民，仍旧坐在岸边悠闲地纳凉、话家常。

江南，美景，醉人心扉！

美食之于旅行，如玫瑰之于爱情，像甜蜜的催化剂，总能带来意想不到的美好。而苏帮菜作为中国八大菜系之一，与粤菜和上海本帮菜一度并列成为我的心头好。说来也怪，我这么个土生土长的徐州姑娘却生来不能吃辣，反倒是清淡的粤菜和甜香的苏浙沪菜系令我百吃不厌。

其实，苏浙沪菜系的总体特点都是用料上乘、鲜甜可口、讲究火候、浓油赤酱，但在极细微处仍有口感的差别，并且每个地方的特色菜点不同。这次在苏州特意去品尝了一顿正宗的苏帮菜，鼎鼎有名的碧螺虾仁、松鼠桂鱼、响油鳝糊等。苏南地区的传统口味是偏甜的，这让很多无辣不欢的人难以下咽。可是这些年，随着川菜馆的入侵，人们的饮食口味逐渐加重，再也不懂原味的甘甜。我曾认识两个朋友，坚持以一种极简的方式生活，他们只穿白净衬衫，只吃白米饭，除了维持健康的生活必需品，不需要任何来自外在的粉饰。我一度问："何苦呢？"他们却回答我："你大概不知道吧，其实白米饭有一股甘甜的滋味。现代人被重口味的饮食惯坏了，早已不知欣赏原味。"尽管我口味轻，但也确实不曾刻意品尝过白米饭的味道。

如果真如他说，去除食品工业包装下的酸甜苦辣，是否才能品味食物的真味？

正想着，看见平江路上一家标榜着"百年老店"的门口人头攒动，探头看进店里，人人面前一碗热气腾腾的泡泡小混沌搭配一盘鸡爪，吃得热火朝天。我也走进去，在热闹的大厅里点了相同的食物。苏州泡泡馄饨的泡泡二字，是在说小馄饨的玲珑与莹润，端上来时恰好被傍晚的阳光照着，晶莹剔透，薄薄的外皮吹弹可破，点缀一些翠绿的葱花，显示出江南的那种娇羞神韵。再加上泡泡馄饨的汤料尤其鲜，让小馄饨有了独特的美味。只是鸡爪……怎么说呢，像鸡头、鸭脖这类，我向来是不吃的。奈何老板说，精致的苏州女人都吃鸡爪。我当然怀疑：如此奇形怪状、不知从何下口的东西，吃起来岂不是要破坏了江南小女子的形象？但，就像我从前也不吃榴莲，去了一趟泰国疯狂爱上榴莲；我以前也不吃饺子，去了几次东北开始接受饺子；而这次来苏州，我竟然开始吃鸡爪，并且当真觉得一个美丽的女人在认真啃鸡爪的时候，只会更加莞尔动人。于是，夕阳下，听着昆曲，吹着夏风，啃着鸡爪，不禁笑起了江南女人的"作"劲儿——生活，无论如何都应该保留一点小情怀。

终于等来了丹丹姑娘，看她从远处走来，带着一贯的笑，觉得江南女子真是俊俏。这就是那位在西塘邂逅的姑娘，后来我们仍保持联络，而且一旦聊起来才发现我们竟有着共同的兴趣爱好和小理想，没多久便好似亲姐妹。

她挽着我，笑着说："去吃马卡龙吧！"

女生的约会当然少不了甜品和冰淇淋，我兴奋地回答："好啊！"

于是我们来到十全街一家名为 John Brown's 马卡龙的甜品店。丹丹心细，知道我爱吃甜品才特意找到这家专门供应马卡龙的小

店。这个有着少女的酥胸如此别致名称的小甜点，是法国西部维埃纳省最具地方特色的美食。地道的巴黎小圆饼有丰富多彩的颜色、款式和口味，多半会让女生爱不释手。可惜，因为对材料和做法的讲究，正宗的马卡龙很难觅得，据说顶级的马卡龙会在味蕾的搅拌下融合产生各种层次丰富的口味，甚至在光线的照射下会映出光泽。

的确，马卡龙看上去缤纷诱人，但口感却没有传说中神奇。圆饼的质地松松散散，过多的糖分让这些看起来就很甜的食物更加腻味。我想起那些中看不中用的男男女女，我们拼命想要拥有那些看上去很美的事物，却在拥有之后的一瞬间不知如何安放。其实心里都是知道的。爱，不爱。这么简单的事情其实自己比谁都清楚。用眼睛吸引来的终归是另一双眼睛，用心吸引的才会是另一颗心。

虽说只是一个甜品店，但楼上楼下着实不小，而且干净整洁，晚上的灯光也很柔和。更难得的是一份圆筒冰激凌几乎可以吃到饱，老板给的分量很实在。我和丹丹一聊就停不下来，直到店家打烊，看时间，原来都十点了，可我们仍然兴致盎然。"要不去酒吧？其实这里就是酒吧一条街。"

我不会喝酒，平时更不去酒吧，倒也好奇，看上去烟雾弥漫、鱼龙混杂的地方，怎么就吸引了那么多人去纸醉金迷？但大概是受到十全路上的酒吧影响，那一刻感觉偶尔醉一下也无大碍。醉了多好，醉了就可以一觉睡到天亮，不做梦，不期待，不幻想。再年轻一点的时候，我曾经拒绝一切与夜晚有关的诱惑。但不知道从什么时候开始我发现，夜，的确有夜的魅力。至少，脱去白天紧绷的神经，摘掉阳光下自我保护的面具，整个人的状态是放松的，以至于你也不一定能辨别究竟哪个是真正的你，尽管放松就好了。反正这夜过后，没有人会记得，也没有人会在意。

酒吧里，我大概是那晚最突兀的一个，疲惫了一天，顶着大素颜和乱七八糟的发型，穿一身田园风的碎花小裙，坐在沙发的角落里看人群扭动。很多陌生又奇怪的男人跑来敬酒，我一脸无辜地拒绝了，或者喝了，然后尽快避开眼神交流，作放空状。他们八成觉得我很没趣，也便灰溜溜撤了。其实我喝，也只是抿一小口，我知道这些乱七八糟的洋酒大部分掺假，又后劲十足，我必须在此情此景保持清醒，好照顾我身边这几个迅速进入状态的朋友。我看着舞池中央的人们，借着一点酒劲儿，或者压根只不过借着一点灰暗的灯光和混乱的氛围抱在一起，男男女女，浓妆艳抹。人在这种气氛下的确很容易迷失自我，甚至连自我是什么，好像都没那么重要了。

心脏终于被音乐吵到不堪重负，就逃了出来。路边三两个喝醉的人似乎正努力恢复清醒的状态，其中一个二十多岁的年轻人带着微醺对电话那头的人说："你认识我的时候就是我喝醉的时候，我喜欢喝醉的自己，有一点昏昏沉沉，有一些神志不清。我只能刻意让自己过得糊涂一点，因为只有在这样的半醉半醒间才能与你更加接近。"说完，他竟然哭了起来。想象着他可能经历的故事，我在一旁不免悲伤。看手表，已过午夜，在一片喧闹声中迎来第二天，酒吧里这时候却好像越玩越起劲：钢管上有个舞女，舞台上有一群长发女人，帅气的DJ打碟稳、准、狠。那些来这里寻欢作乐的人们，则继续抱在一起，跳在一起。

回到家一头倒在床上，白天的疲惫排山倒海地压来。待到第二天被电话惊醒，才重新拾回一点力气。或许因为我并没有企图从那里获得什么，所以不明白这样的放松或者放纵究竟有何意义。我一向没有企图，就像不会轻易企图别人的爱。那些传说中的旅途艳遇，是我一直拒绝和排斥的事情，但苏州一夜，回想起来仍旧有很多好玩有趣、惊心动魄的回忆。以前听说："我能想到最浪漫的事，就是和你一起慢慢变老。"但这两天忽然觉得，我能想到最浪漫的事，就是和你一起欢快喝醉。音乐红酒，觥筹交错，喝着喝着就醉了，然后就敢说出那句"我爱你"。

如果你听到，会不会当真呢？

　　早餐是一天中最可爱的开始，但身边总有很多朋友并无吃早餐的习惯，他们或者说没时间，或者嫌早餐单调。其实不要说世界范围内，就连我们国内也是各地有各地独特的早餐概念和特点，比如上海人习惯在清晨来一碗泡饭，北京人爱吃豆浆油条，广州人无疑会好好享用早茶，而苏州，大概就是去临顿路品尝一客哑巴生煎了。上海也有生煎，但因为名气大，所以生煎包子店遍地开花，总体质量已经参差不齐，尽管顶级的生煎仍旧是一级棒，难得找到一家正宗的。苏州的哑巴生煎肉馅更甜，这也正是苏式生煎的特色，习惯了自然会喜欢。早上八点多过去，店门口已经排了很长的队，但据说这还不是人最多的时候，有时候简直要排得里三层外三层。生煎一客八个，个头不大，如果是女生吃，一半就会饱了。

　　吃完早饭，招呼了一辆三轮去山塘街。这是一条有上千年历史的古街，在如今古旧建筑不停被拆除翻新的年代里，上千年的古街显得尤为珍贵。古时候的山塘街可谓风流富贵，如今店铺住家临河而居，水巷里热闹非凡，一派江南水乡的风格。

闲逛至一家名为天上彩云堂的小酒吧，被木质炫彩的装饰吸引住了，有一点点民族风情，还有一点点小资情调。当然，更多的还是所谓古镇上的那些慢时光。我多么希望我所见到的一切都是新鲜的，又多么希望我可以对事物保持一贯的好奇心。然而去过太多地方之后却发现，很多所谓的"创意"都是大同小异。那些号称走别致、特殊路线的小店，最终只不过从一个地方换到另一个地方，就像这家天上彩云堂，把它放在哪里都是合适的，在丽江、在凤凰、在西塘，也包括在这个山塘街上。反正从本质上看，一切并没有什么特别大的差异。然而，没有特色就不好吗？也不尽然。这里仍旧有咖啡，有酒，有音乐，有一份宁静。况且天上彩云堂给人的整体印象是斯文又不拘谨，一个人坐在宽敞的厢座上也不会不自然。灯光虽然偏黄，但不至于像其他酒吧那么暗，我可以叫一杯酒慢慢看书。能看书的酒吧，你数得出几家？

所以，懂得享受眼前就好。走累了，于下午、傍晚、深夜，来酒吧坐坐，听听音乐。该睡觉的时候去睡，身边有可以爱的人就去爱，这样的一天才充实快乐。

　　在山塘街慢慢悠悠过了一上午，丹丹提议去吃阊门姚记豆浆，就在距离山塘街不远的地方。听说人气爆棚，每天凌晨都还人满为患，上过电视，接受采访，以至于那些开着轿跑车的富人们也乐此不疲前来一试。我不知道它为何火到这个地步，也许赢在货真价实又简单质朴。豆浆油条，本来就是窝心的搭配，试想一下，深冬时节，于寒冷的夜晚喝上一碗热乎乎的豆浆，情人间暖暖手、暖暖胃，岂不浪漫。

　　我问丹丹："还去旅游吗？"她说："当然要继续走下去啊，只是目前需要先让生活安稳下来。我总觉得这样才能走得更远。"我看着眼前水汪汪大眼睛的90后姑娘，点头说："是的，最好的时光好归好，但生命各有自己的时间表，半由人半不由人，这是没办法的。但那些我们说好的地方，将来都能到达。"这是我们对彼此的约定，也算对生命的承诺。

　　每次从苏州返程，都未曾有过离开的伤感。有些城市去了很多次，他城似乎就成为我城了。如果有一天，你在不属于你的地方找到了归属，那里，便成为一再返回的理由吧。

（2012.7）

九·印象西湖

白居易有诗：忆江南，最忆是杭州。而我想说，忆杭州，再忆是西湖。

我一直觉得有水的城市都有一种灵性，从此，那城市便与自然有了无法分割的关系。枕着对水的信仰和思念，城市里的人同它在一起生活，由生至死。

西湖，是有我童年回忆的地方。十年前，我在这里度过几天阳光明媚的日子。现在想来，的确短暂，以至于脑海中只留下波光粼粼的湖面和头顶炙热的太阳。再回西湖，竟已十年过后，这里仍然拥有文人墨客笔下的千娇百媚，仿佛走几步便能感受到话不完的离恨别愁。

十一月底的江南早已步入深秋，大自然变得萧瑟而宁静。从白堤望向断桥，绿色的柳梢掺杂一点嫩黄垂于湖面，旁边是金黄的杏树叶，裹在一丛火红的枫叶中，如此颜色亮丽分明的红黄绿三色在秋风的吹拂下轻轻摇曳，映照一抹斜阳，西湖的秋色尽收眼底。偶有不知名的飞鸟掠过，轻沾湖面，柳浪闻莺。那一刻，只觉人生足矣。

　　我绕着西湖，慢慢地走，细细地品，看湖中划船的人
悠然自得，望湖畔赏景的人几番喜悦。诗人木心在《鱼丽
之宴》中描写：

　　　　每当春秋佳日，坐划子游西湖，温飔拂
　　面，波光耀目，那清秀恬静的白堤上，艺专
　　学生正在写生，A字型的画架，白的画衣，
　　芋页般的调色板，安详涂几笔，退身看看，
　　再上前，履及剑及，得心应手——在我的眼
　　里，在我的心中，这便是陆地神仙。

　　我循着这样的文章，果然在西子湖畔看见几处画像的人。

　　几年前在巴黎的塞纳河畔，印象最深的就是河畔左岸的"画家"。后来每每想起，我都后悔没有花点时间让他们给我画一幅肖像。倒不是我要拿着这肖像画如何，也并不是为了纪念，而是我想要体验在浪漫的塞纳河畔被一双柔情的眼睛观察，用一颗画家的心创作的艺术过程。我听说过去巴黎有群人，平日上班做事，星期天才画画，他们叫自己素人画家。那么此刻西子湖畔的这群人是否也可称为素人画家呢？如果我有这样娴熟的画画技巧，多想在这多情的湖畔做一位称职的素人画家，平日写作打工赚生活费，星期天就去画画，不顾评价，酣畅淋漓地作画。那么这西湖一年四季的美景，便能深深印刻于我心吧。

　　我不由得停下来，驻足观看这些头戴画家帽、一身艺术范儿的素人画家。他们握着短小的石墨铅笔在空白的画纸上挥洒自如，行云流水间看不见任何犹豫的痕迹，往往落笔便成为点睛之处，再做修饰已然妙趣横生。

　　不管什么时候，只要你有机会看别人画画或者写字，就要好好观察。人们可以凭借自己的直觉来理解一幅作品，但是我很清楚，如果你知道画家是如何练习绘画的或者作家是如何写作的，最好再亲身经历一些这方面的艺术实践，就会对"创作"这件事看得更全面更透彻了。那远非你眼下看的这般优雅美好，成功之前，都会有一番几近暗无天日的积累期，然而最难熬的还不是这些暗无天日，而是即便隐忍拼命，也终有一段时间仿佛看不到任何希望的亮光。我不知如何继续才是对的，唯有始终保留自己对生活的兴趣和爱好，刻意寻找的东西往往都不会以你期待的方式降临，只好日复一日，以最好的心态走下去。梵·高说，要尽可能外出远足，保持对大自然的热爱，因为这是帮助你越来越深刻地理解生活和艺术的真正途径。画家也好，作家也罢，都要理解大自然，热爱大自然。如果一个人真正爱上了大自然，他就能处处发现美的东西。爱所包含的内容远比一般人认为的要多，所以当我意识到那些轻松愉快、无忧无虑的美好时光一去不再复返时，我的青春便消逝了，但我对生活的热爱和充沛的精力并未消逝。我要说的是，始终会有更加美好的未来在等待着我们。

　　站在这西子湖畔，我忽然想念起家乡那个与西湖有千百渊源的云龙湖。夕阳西下之时，美景总是依旧。小的时候，我每周都要随妈妈去外婆家，最欣喜的一段路就是那湖边小道。年仅七八岁的我感到欣喜，并不为一番美景，而是湖边的长椅上总是一对又一对窃窃私语的恋人。孩童时期的我看到恋人，只觉有趣，不知为何这些年轻的男男女女要如此耳鬓厮磨、缠缠绵绵。如今在西湖，长椅上依旧坐着陌生的年轻男女，他们看上去似乎幸福无比，好像两颗心正走向一个共同的地方，那里有开心的事情正等着他们。男孩抚摸着女孩的头发，女孩低着头微闭双眼，逆光下，这对轮廓尤为甜蜜，仿佛一个整体。尽管这样的身姿越发让我的心情宁静平和，但悲观如我，总是不自觉于亲密之时隐隐看见恋人们分别的凄凉景象，好像无风的冬夜里冻结的树木般寂静，但其中不再有痛楚。深藏于我内心的人类情感并未完全熄灭，我的悲伤唤起了一种对他人的同情。我自身也遭遇了许多"人生中小小的痛苦"，包括爱情的痛苦，但爱情带来的小小痛苦也有一定价值。有时，一个人处于绝望之中，甚至某些时刻被打入地狱，但不得不承认，苦中也有乐，总会有与这种痛苦相联系的美好的东西。直至最后，在漫长的岁月里，我们都已经习惯这样的心境，不再感觉分外痛苦了。无论眼前这一对对情侣结果如何，她都将永远记得西子湖畔的这一刻。再往后，她也许会感到痛苦，也许会痛苦好长时间，但终有一天，她的记忆中将只剩下蓝天、那个亲吻，以及在逆光下、长长的影子里那种被爱的感觉。

　　夕阳已落，我仍旧徘徊在西子湖畔等着看晚上的山水实景演出《印象西湖》。夜幕降临，西湖灯光闪烁。如果白天显露的是西湖美丽的容貌，那么夜晚她将会以更加妖娆的方式述说自己动人的故事。一如《印象刘三姐》和《印象丽江》等系列，《印象西湖》让如诗如画的江南美景和流传千古的西湖传说在夜色和记忆里浮现绽放，如婀娜的古典美人一般，承载着文人骚客的赞叹与情怀。那个许仙和白娘子的故事优美、婉约、厚重、空灵，哀而不伤。如这湖水，也如湖中传说千年的爱情。

　　其实《印象西湖》整场表演的重点并不在于叙述故事，而倾向于意向的表达，反而使这场看似宏大的实景演出呈现出艺术的感觉。小津安二郎曾说："用感情表现一出戏很容易。或者是哭或者是笑，这样就能把悲伤的心情或喜悦的心情传达给观众。不过，这仅仅是一个说明，不管怎样诉诸情感，恐怕还不能表现出人物的性格和风格。抽调一切戏剧性的东西，不叫剧中人物哭泣，却能表达出悲伤的心情，不描写戏剧性的起伏，却能使人认知情感。"在《印象西湖》的抽象表演中，我体验到许仙和白娘子的一世情缘，虽缘起一瞬间，却整整守望了一千年，超越生死，超越人间。我是个昏人，见了这样的景象觉得又感动又悲哀。现代爱情根本无力超越这浓情蜜意，因为它早被历史和记忆架空。最后发现，情爱终究亦敌不过对生命的贪恋，烟灭了。

"你会离开我吗？"

"永远不会，这就是我所在的地方。"

"你的爱太过深重。"

"薄弱的爱，终究不是爱。"

　　我仿佛听见许仙和白娘子如此的对白。如果爱于他们不是比生命更重要，谁能解释为什么这样两个生命能坚持活过世间的每一天。

　　时光逝去，西湖依然静静地躺在杭城一隅，古老迷人。因为经历了太多的往事，因为铭刻了太多爱恨离别的传说，西湖留下的不仅仅是婷婷身段，更有一段剪不断、理还乱的情愫。

尽管仍旧迷恋寻找与文化，不贪恋旅程的奢华，但反观这些年，我的旅行早已在不知不觉中发生着变化。几年前，我还愿意乘坐近三十个小时的火车奔赴向往已久的城市，以为只要热爱便可付出，如今却连飞机升空与降落的瞬间都心疼时光的流逝。几年前，我乐此不疲地入住每一个城市角落里热闹的青旅，如今却再也没有彻夜畅谈欢闹的劲头，常常是一天旅行回来只想在深夜能够安静入睡。这些改变并不是我刻意为之，人越长大越贪恋一些舒适的活法，像是对现有的生活没有安全感，从而放弃了火车转乘飞机，放弃青旅转投高级客栈或酒店，甚至放弃路边摊转而享受一顿不错的单人晚餐，傍晚在无人的阳台看书，清晨在舒适温暖的圆床上等阳光洒进来。过去那种艰辛

旅程的美好似乎再也无法回来。偶尔也感慨：吃得好了，住得好了，心还能像以前那么年轻吗？

　　带着这样的自我疑问，我入住杭州的茶香丽舍客栈。很多人印象中的客栈还停留在简陋的木屋、昏黄的灯光以及缠绵悱恻的爱情故事，然而伴随着自由行的普及和客栈这一住宿方式的流行，现在的客栈早已成为更整洁、舒适、高级的住所，比如这家茶香丽舍便由中西混搭的两幢民宿组成，我从西湖来到虎跑路四眼井，按照指示牌的方向一路上山，门外被花丛围绕的招牌上悠悠然写着"茶香丽舍"四个字。进门看见宽敞的观景平台，走过精心铺设的楼梯是通透的阳光房。院子里尽是鲜花、吊兰、藤椅、假山和鱼塘，在西湖边的小山坡上，伴随着阳光白云、蓝天山景，处处透露出世外桃源的悠闲和慵懒。老板客气地帮我办理住宿，还送了一盒顶好的龙井茶。待走进房间，才发现这里已然具备星级酒店的硬件享受，法式田园风格的装修，空气中有淡淡的清新香气，室内从整体布局到极小的细节都考虑得当，呈现一派宜家小资的温暖舒适。躺在这样的软床上，旅途的疲劳一扫而光。

　　第二天清晨，新鲜的咖啡香气从屋外飘来，这是分隔夜晚与白昼的香气，是将我从睡梦中叫醒的香气。简单梳洗一下，来到对面的厨房，原来是老板已经在准备早餐。见我起得早，老板说："不再多睡一会儿啊？咖啡已经煮好了，等会儿早餐就能吃了。"那语气，好似相处多年的邻居，一点儿也不生疏。于是我也说："还要准备什么，我来帮你吧。""不用不用，你先随便吃点，看看附近的山景，很快就好了。"

　　我只好在院子里稍坐片刻。虽然十一月的杭州已透微凉，但暖心的咖啡捧在手里并不觉得多冷。小山坡上有一点雾气，天空虽然只轻轻地抹上淡淡的蓝色，却也饱蘸着感情。当一切还处于万籁俱寂的时候，拂晓和日出会显得尤其美，喝上一杯咖啡更觉惬意。总之，什么东西都比不上那一刻清晨的大自然美。

　　享用了老板精心准备的早餐之后，我向他打听如何在西湖畔租车骑行。谁知他说："要本地的市民身份证办一张自行车卡就可以在西湖边租车并且随取随还了。"停顿片刻，他又说："但你是外地的，办卡不方便，我借给你一张吧。"说完从抽屉里拿出一张单车卡，简单教我如何使用便给我了。这时候，我更加感觉到客栈的人性化，除了环境的舒适，还有对彼此无条件的信任和理解。这不就是异乡的归属感吗？

　　其实这些年走下来，有时感觉一路上欣赏到的风景虽然是独特的，却又是一样的，这就是人生的两难。但好在杭州从来不是一个浮躁的地方，固然西湖四季游人如织，僻静也总在咫尺之处悠然等候。就像山顶的这家茶香丽舍，骑过西湖的熙熙攘攘，来到这里仿佛再次坠入天堂。其实人心若不静，走到哪里都是闹的，所以尽管我也心甘情愿并欢喜于俗世的生活，但某个地方，我心灵深处的一个地方，还是尽量保持超脱。如此我也明白了，旅行方式的改变是日积月累的过程，人不可能不成长，无论外在的还是心灵的。我之所以如此眷恋已经逝去的日子，是因为尽管时常感到沮丧，但仍有快乐的时刻；尽管时常情绪低落、充满恐惧，但我仍保留着对爱过的人的一切记忆。我想，当迟暮之年到来时，这些记忆就会重新呈现在我的眼前吧。美好和艰辛都经历过，生命难道不是因为这些经历而更加丰盛吗？

从杭州回来的路上，看一路倒退的风景，才惊觉：没有人不热爱自由，但这并不意味着我们不会偶尔也感觉寂寞。我一路向前，其实更多的时刻在回望与反省。于是我更加坚定了现有的生活方式，因为它为我带来了心情的平静和过去一点儿也不知道的活力，这些比行走更有意义。

（2013.1）

十·乌镇水乡，如梦一场

　　不知始于何时，日日夜夜被车水马龙包围的城市人开始念旧，心里怀揣着对逝去时光的眷恋一遍又一遍去往古镇。丽江、凤凰、西塘，这些听上去诗情画意的名字仿佛一个个虽活在我们梦境中，但伸手便可触摸到的地方。然而许多年过去了，丽江的古色古香让位给路边的小商小贩，沈从文笔下的凤凰在一片叫嚷声中征收门票，江南的西塘毫无例外充斥着酒吧夜店式的灯红酒绿。现代人可真是厉害，明明循着一缕"旧梦"来到古镇，却在一番闹腾之后把古镇打扮成城市的模样。

　　只是，仍旧要去的。怎能不去呢？茅盾在《故乡杂记》里写：

　　倘若这个世界还有原先，还有旧时的月色，还有过去的时光，这个地方便是江南。

为了江南，为了过去的时光，我再一次来到乌镇。

只是没看过《似水年华》，许是要看看的。毕竟，乌镇所为人知，也因为这部感动了无数文艺青年的爱情戏。如今，距离那时的《似水年华》已过十年。十年的时间，让乌镇从一个落败过的江南小镇成为炙手可热的旅游景点，如今又承接文化的脉搏，建起乌镇大剧院。以前总觉得古镇太多，乌镇到底有何不同？方才明白，那是一份对文化理想和艺术梦境的坚持。

再往前退回至一九九九年，乌镇发生过一起火灾，让本就难以为继的水乡小镇陷入困境，成为桐乡最不受重视的角落。加之造纸、水泥、皮革工厂排放的污水，使流经乌镇的东市河、西市河变成两条臭水沟，过去的枕水人家大多变成老人和外来务工人员的居所，年轻人纷纷到镇外生活。乌镇上老屋破败，晚砌的红砖和原本的青砖犬牙交错，无人的空宅裸露着没有玻璃的黑洞洞的窗户。

彼时莫说一众外人，就连镇上的百姓都不会相信，正因为那次凋零至极的衰败景象成就了如今风韵独存的乌镇。木心的诗句里有"巴黎的懒，江南的勤"一说，果不其然，江南人不做事则已，想做就一定会做到。真是应了那句话："三十年河东，三十年河西。"世事变化，盛衰无常。古镇亦如此，又何况人的命运。

从上海乘车去往乌镇，抵达镇上已近午时。因为下午要在西栅参加木心先生读书会，看看时间，还可自行安排一两个钟头，便决定先行去西栅景区内随便逛逛。

是的，木心先生读书会才是我此行来乌镇的主要原因。二〇一三年十二月二十一日，木心先生逝世两周年，乌镇的当年照相馆为此举办了名为纪念木心的读书会。很多人知道乌镇有位作家叫茅盾，却鲜有人来乌镇为了木心。读木心，当然要来乌镇；来乌镇，又怎能不读木心。这位地地道道的桐乡人十五岁便离开乌镇，从此，照他的说法，开始了他的"美学的流亡"。我不愿再一次赘述他一生经历了怎样的颠沛流离，甚至曾写下"我再也不回乌镇"这样的句子。该是怎样的绝望才能让一位老者对饱含深情的故乡写下如此决绝的话语。许是怀抱补偿的心愿，乌镇人请他回来安度晚年。终于，这位漂泊了几乎整个人生的七十九岁老者，最后几年竟得以落叶归根，回到乌镇。

从美国回来的途中辗转，北京，降落；上海，降落。飞临上海已是深夜。引擎关闭，飞机缓缓缓缓低下去，倾斜，转弯，平正了，又倾斜……"真慢啊。"木心先生忽然像个着急的孩子，说，"你看苍蝇，一停就停下来，看飞机降落，苍蝇真要笑煞，这样娘娘腔。"

这便是我初读先生的体验，惊讶于世上怎会有如此机智俏皮又饱含睿智的人，紧随而来的更大的冲击是："为何这样一个人，却从未出现在我之前的文学视野中？"然后我开始大量读先生的书，一本本读，有段时间如恋爱般，沉沦下去，不可自拔。然而说是一本本读，先生的中文文字却少得可怜。那时候先生的徒弟陈丹青还未整理《文学回忆录》，能找到的木心先生的书也不过几本。

于是一直读下去，竟从未想过先生其实与我同时代，而且离得不远，就在乌镇。直到两年前的冬天，从陈丹青老师那里得知"木心先生病故"，才恍如隔世般起了去见先生的念头。然而终究是晚了。存在感还未抵达，人却不在了，消失感于是开始。刚刚开始。猝不及防的开始。

　　张爱玲说，见到胡兰成，她变得很低很低，低到尘埃里，但她心里是喜欢的，从尘埃里开出花来。

　　我从未遇过这样的人，但有幸读了木心。读木心，让我变得很低很低，低到尘埃里，但我心里是喜欢的，同样从尘埃里开出花来。

　　两年后，还是在乌镇，终于来参加这个与先生有关的聚会。这是一次非常真诚、坦诚，甚至有点理想化的聚会。在场多数为年轻人，像我一样从未见过木心先生，也几乎未来过乌镇，仅仅因为纪念先生，便从很远的地方径自来了，仅仅只为读过他的书，为书中那些字，如同先生的为人：率真、简单。我们聊着先生的一生，似乎每个人都各自思量着他们心中的木心。我除了感动，还有惊讶，因为在这之前，我身边甚至没有人知道木心，此刻竟有那么多读者同我一样默默爱着先生。出于一点点自私的念想，我从不主动向谁极力推荐木心先生：喜欢的人事物，我听不得别人说一点不好。先生就这样搁在我心里，因为文学，更因为这个人。

聊至兴起，有人说起木心生时的嬉谈，一片欢笑过后是我们各自莞尔，转而陷入一阵默契的沉默，犹在牵挂。只是，牵挂些什么呢？

一抬头，看见墙上的幻灯片正播放先生船游乌镇的画面。水因为清澈，看不出有多深。作家陈村曾说："木心先生不是一个潦草的人，他对文字有洁癖。你会发现他受那么多苦，很坎坷，五十多岁还要跑到外国去。这样一个人，你看他的目光，很明澈。"的确，即便从照片上也可以看出，先生的眼睛瞳仁很黑很大，目光柔和清凉，过滤世间的尘浊，做出轻轻判断。面前的影像让我感觉先生的面容仍然熟悉，但也正是这影像，一遍又一遍对我们确认先生的离开。几乎一瞬间，我眼泪要出，但我知道那个场合不能出。哽在喉咙，很难受。

见过木心先生的人几乎无一例外这样形容："他话不多，话语中却总是透着睿智。"先生贵气。他避开张扬和矫饰，确认事物的美与朴素，而这样的自重，世间并不常存。正因如此，在很多人心里，木心先生是诗人、画家、作家，但是在我心里，他更多的是一位孤独的老人家。

木铎有心终不知。是的，先生孤独。

木心先生素来画画，但他的画，我多半是看不懂的。陈丹青亦是知名画家，他回忆起木心在美国讲课的那段日子，说先生常常讲到动情之处，难做结束语，于是一直讲，底下的学生早已瞌睡了一大片，先生仍旧兴趣盎然，通宵授课的情况也是有的。就是这样有趣，一位自称"文学的局外者"对着另外一群"文学局外者"讲古说今，字字珠玑，持续五年。他是否在意有人倾听呢？还是他的欲望只是倾诉？有多少人真正懂得先生呢？

然而，木心先生有可能并不需要世人的理解。"文化大革命"期间，先生蒙冤入狱，即便在狱中也安然自得，他说："我白天是奴隶，晚上是自己的王子。"人在性命困绝之地，竟是这样的从容淡定，我们哪里有资格去体会？在木心先生的笔下，我感受到的正是他自始至终说的那句话："我一字一句的救出自己。"任何时候，使用你的自由去做些什么比空谈都更重要。

自二〇〇六年回国以来，先生一直居住在乌镇东栅一座名叫晚晴小筑的江南院落里。写诗、画画、待客，这是木心先生回到家乡后的生活。许多人因为先生的书前来拜访，却又自觉打扰了先生的清净，久久不敢叩门。听说曾有位年轻人为了见木心先生来到乌镇，每天在先生家门口等待，白墙之中，青瓦之下，良田之旁，久久逗留，却从未叩下那扇木门，就这样每天前去等待半个小时，余下的时间在乌镇工作、读书。终于半年后的某天，机缘巧合遇见正准备出门的代威，这才有机会见到先生，了却心愿，最终离开乌镇。

代威就是生前一直照顾先生的人。先生终身未婚，无子无女，从某种角度看，代威就像是先生的儿子般亲近。这次木心先生的纪念活动结束后，我更是有幸在代威的同意和指引下参观了先生的故居，那个叫晚晴小筑的地方。也许是向来低调吧，先生的故居并没有也似乎不准备对外开放，于是这里便成为喜欢木心的读者心中神秘而向往之地。打开那扇终日紧闭的门，眼前绿树成荫，石子小路蜿蜒曲折。进入宅院，是古镇特色的小楼，一派古色古香。小楼后的院子里，小桥、流水，满地落叶。

真是别致的小院落，甚至静谧得有些寂寥。

代威走在前面引路，说着"谢谢你们惦记着先生"。我终于明白为什么木心在人生最后的时光里会选择这位年轻人来照顾，他身上散发着与生俱来的儒雅，低调乖巧，后来甚至跟先生学会了画画，想必先生是极为疼爱他吧。

转角走上楼梯，便来到木心先生生前的客厅。客厅不大，但暖色调十分温馨，正对面是先生的黑白画像，两旁是新鲜的百合花。客厅正中间是一个见方的茶几，被橘黄色的沙发围绕，是那种坐下去就会陷很深的柔软沙发，我仿佛能够看到先生在这里喝美式咖啡、吃芝士蛋糕的情形，那是怎样一副梦幻而又生活的场景！客厅的另外一面有个梳妆镜，桌上摆着几幅先生的照片。

代威说："先生是个体面的人，每次有人来拜访，他都会礼貌地让别人等上十分钟，待他围巾、风衣、帽子穿戴整齐，才与来访者见面。"于是我想，那时的先生是否就在这梳妆镜前一遍遍把自己打扮得精神利落呢？

我想起那个说好两年建成的木心美术馆如今已经一推再推，便问代威何时能够对外开放。

他也只是从容地回答："大概明年秋天吧。要做好一件事，总要花时间的，急不得。"这样一说，好像我们的焦虑和着急反而成为多余。

是啊，要做好一件事，总要肯花时间的。

在乌镇的六年时光想必是清净的。离开前的一个月，木心先生躺在床上已十分虚弱。陈丹青努力像往常一样与先生说说俏皮话。先生讲了一辈子笑话，哪怕临走前，只要意识是清醒的，仍然妙语连珠。但那一天，两人正断断续续讲着，先生忽然看向窗外的什么地方，一口气说："文学在于玩笑，文学在于胡闹……"喘了一喘，他说："文学在于悲伤。"

就是这句"文学在于悲伤"让我断定：父母亲给了我生命，但是木心先生——如果我有资格这样讲的话——他给了我灵魂。从此，每每读木心，就像乌镇的细雨纷纷落在肩头，一丝安心与忧愁。

在陈丹青的笔下，木心作为圣徒的形象已经粲然可见。使他超越他人而成为圣徒的，既不是他的禀赋，也不是他的学识，甚至不是他在逆境中的表现，而是他的心灵，一颗雅尚高洁、向死而生的心灵。对于他，生只是死前的一段过程，而离开艺术的生是暗无天日的，除了平庸、不幸、绝望和死亡外，没有别的出路。他曾说："来美国十一年半，我眼睁睁看了许多人跌下去——就是不肯牺牲世俗的虚荣心和生活的实利心。既虚荣入骨，又实利成癖，算盘打得太精：高雅、低俗两不误，艺术、人生双丰收。我叫好，叫的是喝倒彩。生活里没有这样的便宜。"这是一位历尽沧桑、劫后余生的老人的冷眼旁观。

先生以为，能和莎士比亚在一个世纪里，他没有理由不爱、不信、不满怀希望。而我，能和先生的时空有所交叠实属幸运，当该知足。陈村曾说："企图中文写作的人，早点读到木心，会对自己有个度量。"因为"木心是中文写作的标高"。我已读晚，还好读到了。那段暗无天日的时期，那段找不到自我的日子，都是先生的书陪我度过。而他呢，终究是一个无解的谜——来路宽阔，但没有师承；秉承内在的意志，但没有同志；他与文学团体和世俗地位绝缘，他曾经长期没有读者，没有知音，没有掌声，他都走过来了。

终究没有见过木心先生。也许凡事不该太满，总要留些遗憾 。只是，这一别就是永别。我知道人是没有来世的，否则木心先生为何不从他的来世给我们送来他没有写完的诗、散文、小说？看别人，其实是看更深的自己。"所谓世界，不过是一条一条的街"，如果这句还不够，再加一句"街角的寒风比野地的寒风尤为悲凉"，此二句所示，许多人一部书也难以道出。

我自知是个蠢萌、贪玩的人，但那都是从先生处学来的、故意为之的俏皮，也是因为对这世界仍有好奇。好奇是热情的表现，任谁人都不愿活成一潭死水。热爱生活的人才会热爱木心先生。我也自知没有资格写这样的文章，这文章写完，亦感觉不够资格。以不如木心的文字来谈论木心，有多大的可能性？先生经常引述一位欧洲人的话："艺术广大，是以占有一个人。"他当得起这句话。如他自己所说："人不能辜负艺术的教养。"他又说："爱我的人，一定是爱艺术的人。"那么我来到乌镇，站在他曾写诗作画的客厅里，当得起这句话吗？

读书会结束时，窗外的西栅已成夜色，家家户户亮起了灯，倒映在西市河里，古旧、清净、安详而且幽静。我看着墙上先生的黑白旧照片，在心里与他道别。然而又想，其实并不用道别，他的文化精神已传给乌镇。我裹紧大衣，漫步在这清冷的夜色中，忽然发现又要到圣诞节了。真冷啊！我记得有一句话："寒冷是一种精神。"在我心目中，木心先生具有这寒冷的精神。

没走多远，看见街边有个乌镇志愿者服务站提供热的菊花茶，在这冻人的夜晚一杯热花茶真是雪中送炭。又走几步，看见穿保安服的人来回巡游，便想，总归是个安全的小镇。当然，古镇里也有酒吧，但数量不多且多为静吧，乖巧地待在西市河一头，不吵不闹不喧哗，远没有那个叫嚣艳遇的丽江来的张扬。乌镇的设计者陈向宏说，他不想让乌镇成为千篇一律的古镇，他更加希望生长于此的孩子从小就能接触到国际化的艺术，欣赏到有国际水准的音乐、画作和展览，有何不可呢？乌镇再也不是那个衰败的乌镇，今日的乌镇正以文化为标杆稳步向前。我多么希望眼前这些来来往往的游客，不仅因水乡而来，不仅在这里拍照留念、喝茶发呆，我更希望每一个来乌镇的人都多少关照一下这里的文化氛围，接受艺术的熏陶。

那晚虽冷，但我枕着水乡的气息，睡在柔软的雕花软床上，格外安稳。半年前，乌镇大剧院上演赖声川的《如梦之梦》，如今在乌镇一圈圈行走，似乎成为《如梦之梦》主题最直观的表达：世上因果相循，我的梦境里嵌套你的梦境，你的人生里恰有我的人生。

第二日清晨，天空还是深色的宝蓝，月亮挂在树梢透着亮光。我已早早出门，从西栅走到东栅。如果说西栅处处能看出设计的痕迹，那么东栅则还保留着原味的住民。上了年纪的大爷大妈已从附近的菜场兜一圈归来，手里拎着新鲜的鱼肉蔬果，踱步回家，日日如此，这就是他们的生活。

我总觉得这样的古镇，定要避开人头攒动的季节，待游人少一些时再来品味。而如今，当我真的走在空无一人的小巷里，竟又感觉寂寥。其实所有的旅程都是寂寞的，我甚至渐渐相信，我们之所以出发，就是寻那旷世寂寞而去的——离开我们熟悉的参考点，关于成功、关于幸福、关于欲望，离开这一切，与孑然一身的自己对话，问问她：如果没有任何人要求你应该要怎么样，你自己会最想要怎么样？

斑驳的石板路见证岁月的流逝。乌镇的晨光、砖瓦，还有上了年纪的街道和空气，汇聚了历史文化的传承。旧的东西就是旧了，所以东栅并没有刻意装扮成光彩崭新的模样，但它大气、静谧、稳重，无处不散发着一份独特的质感。脚下踩的每一块石地，都有厚重的文化气息，一层一层覆盖上去的，是曾在这里生生不息的乌镇百姓。慢慢地走，细细地品，乌镇的特别之处由此展开。

东栅其实并不大，如果不是走走停停，不消片刻就能全部走完。在那些看上去错综复杂的巷子里迷路，稍转几圈以后，也都能走回之前所走过的地方。就像是同样一位陌生的旅人，我总是有机会在下一个转角再次与他相遇。虽然明知在这小镇里会遇到是再正常不过的事情，可依然会为这一次次的邂逅而欣喜异常。我始终相信轮回和善缘，我们这辈子遇见的人，上辈子都应该见过的。不然人为什么会一见如故？

如果说这世间真有穿越，那么一旦置身于古城之中，周围赫然被过滤掉的声音就会让人产生一种错觉，仿佛远离了自己所生活的地方，回到了中世纪，在青色砖头堆积起的沧桑石桥之上，轻易就迷失了方向。

天际悠远，欲望静息。

从前慢

木心

记得早先少年时

大家诚诚恳恳

说一句是一句

清早上火车站

长街黑暗无行人

卖豆浆的小店冒着热气

从前的日色变得慢

车，马，邮件都慢

一生只够爱一个人

从前的锁也好看

钥匙精美有样子

你锁了，人家就懂了

（2013.12）

十六岁那年，我第一次坐飞机。坐在我身边的姐姐无精打采，除了起飞和降落时不停地吐，其他时间都在闭目养神。座位很大很舒服，却并不靠窗，我只能羡慕地看别人对着窗外神往。即便如此，十一个小时的漫长行程却丝毫没有减弱我对即将面对的新鲜环境的兴趣。落地后，对着偌大的机场，我忽然因为全然的陌生而感到兴奋。站在原地等待时，看见一对高挑靓丽的情侣，她穿着艳红长裙，他顶一头有型卷发，或许是即将离别，或许是再次相逢，总之，他们忘情地拥吻，仿佛世界只剩如此二人。

我想，我一辈子都会记得那美好的场景，以及那一年我的第一次远行：巴黎。

像所有观光客一样，我去埃菲尔铁塔抬头仰望，于罗浮宫观摩艺术殿堂，在老佛爷买巧克力和香水，乘塞纳河的游船赏日落霞光。这些回忆在我后来的生活里逐渐化成断断续续的片段，唯独巴黎圣母院的大花窗给我很深的印象，阳光从窗外透过彩色玻璃射进来，给人一种神圣的感觉。而从圣母院向外看去，那一根根肋骨似的单拱飞扶，支撑着这座哥特式的建筑，奇特而又精致。在往后的岁月里，我去过很多城市，看了很多教堂，每一次都能回想起那年午后的阳光，神秘而温暖。

几天之后，我乘坐欧洲之星来到另一个国度，英国。是的，世界对于十六岁的我来说实在过于辽阔，但当时却只感觉离开一个地方、抵达另一处风光原来可以如此轻而易举。就这样在伦敦一边学习一边游览，晃晃荡荡待了近一个月。那年月，出境旅游于国人而言刚刚崭露头角，更没有沙发客这样洋气的说法，但我却早已在不知不觉中成为地地道道的沙发客，住在一位典型的英国老太太家中。女主人六七十岁，儿孙满堂，却没有老伴儿，孤身一人，养了两条狗。她十分喜欢接待我们这些来自世界各地的人，亲切地让我们称她为 Rose 太太。每天准备丰盛的英式早餐，中午将做好的三明治、水果、饮料塞进我的书包里，晚上问我爱吃什么，我羞答答地说："Fish and Chips。"她就笑笑，说那不是健康食品，于是每周只允许我吃两次油炸鱼薯条。我想，她一定是极为想念在外忙碌、不经常回家的儿孙们，才把我当作自己孩子一样照顾宠爱着。

同住的还有隔壁的印度姑娘，我很想同她交朋友，但 Rose 太太说印度姑娘每晚都有夜生活，喝酒抽烟泡吧很常见，所以直到印度姑娘离开，我们生活在同一屋檐下却因为作息时间的巨大差别几乎未曾谋面。

印度姑娘走了之后，来了一对意大利夫妇，五十上下，幽默风趣。尤其意大利男人，热情健谈，他经常在饭桌上挽着妻子的手，用意式英语谈天说地。他说起儿子是意大利国家足球队队员，正好桌上的一瓶花生酱由他儿子代言，兴奋地指着花生酱问我是不是很帅。确实帅，眉宇间透露着意大利男人的一抹风情。我们每天生活在一起，丝毫感觉不到国家和语言的隔阂，吃完晚饭或者一起散步，或者围坐在壁炉旁，说说笑笑聊到很晚。如今回顾那段生活，对我来说是多么惬意的一段时光！

就这样，十六岁那年，未谙世事的我第一次远行。从此一发不可收拾，为了继续出发，乖乖完成学业，从而得以去芭提雅晒太阳吃海鲜，去云顶试手气看表演，去新加坡品沙嗲吃榴莲。每每都感慨：不要以为只有你过的生活才是真实的，一切别样的生活都是可能的，甚至更加真实。

这些旅行回忆，如果当真一笔一画记下来，怕是又能写成另一本书了，但这本理想的书并没有完成，我想说的正是这个：无论如何，要把当时我所见所感写出来几乎是不可能的。每一个人都从孩提时便开始欣赏身边的风景和人物，但问题是：是否每一个人从孩提时就开始思索？是否每一个看风景的人都热爱荒原、田地、雨雪和风暴？是否每一个享受美景的时刻都能恰如其分撞击到心灵？这才知晓：并不是每一个人都能够以最适合的心态面对旅途风景，这其间需要一种特殊的经历、环境和知识储备才能使我们对旅行有深刻的认识，也是一种特殊的性格和情操，才使这种认识得以在我们的头脑中扎下根。

我会一直走下去，在旅途中见证时间的去向，发现自己的成长，留一份特别的礼物给未来的自己，这个礼物就叫作回忆。

房媛媛
2014 年 5 月